El Enmascarado de Terciopelo 2
Muerde el polvo

Primera edición: diciembre, 2018

D. R. © 2018, Diego Mejía Eguiluz

D. R. © 2018, derechos de edición mundiales en lengua castellana:
Penguin Random House Grupo Editorial, S. A. de C. V.
Blvd. Miguel de Cervantes Saavedra núm. 301, 1er piso,
colonia Granada, delegación Miguel Hidalgo, C. P. 11520,
Ciudad de México

www.megustaleer.mx

D. R. © 2018, Ed Vill, por las ilustraciones y cubierta

ISBN: 978-607-317-257-8

Impreso en México – *Printed in Mexico*

El papel utilizado para la impresión de este libro ha sido fabricado a partir de madera procedente
de bosques y plantaciones gestionadas con los más altos estándares ambientales, garantizando
una explotación de los recursos sostenible con el medio ambiente y beneficio a para las personas.

MUERDE el POLVO

El ENMASCARADO de TERCIOPELO

DIEGO MEJÍA EGUILUZ
Ilustrado por **Ed Vill**

ALFAGUARA

Gladiatores presenta: "Entrevista con Golden Fire".

— Hoy fue una lucha muy dura, Golden Fire, pero lograste salir con el brazo en alto.

—Así es. Debo reconocer que ese Enmascarado de Terciopelo me dio un poco de batalla, pero al final mi mejor preparación fue la clave para llevarme la victoria y convertirme en el nuevo campeón de peso wélter.

—Durante gran parte de la lucha, el Conde Alexander tuvo el control de las acciones y estuviste a punto de perder en dos caídas al hilo...

—Eso fue parte de mi estrategia: dejé que se confiara y gastara sus energías; al final de la lucha ya no tenía aire.

—Toda la semana amenazaste al Conde Alexander con que le ibas a dar una sorpresa.

—¡Y cumplí! Le devolví sus castigos y, cuando quise, llevé la lucha al terreno aéreo. Te aseguro que ese condecito no volverá a subestimarme.

—En esta ocasión tu rival luchó de manera limpia, tal como marca el reglamento para los combates de campeonato.

—Que sea la última vez que me hablas del Conde. Estás entrevistando al campeón. La historia la escribimos los triunfadores. Y sí, lo voy a decir ante tus cámaras: Conde Alexander, te felicito; me demostraste que puedes luchar limpio, pero yo dejé claro que sin tus trampas no eres nadie. Y ya lo viste: yo no necesito de ellas para ganarte. Aquí está el nuevo campeón de peso wélter; acostúmbrense a verme con este cinturón, porque le voy a dar mucho brillo.

—Un momento clave del encuentro fue cuando rompiste la palanca en la segunda caída y te llevaste a tu rival al toque de espaldas.

—Toda la semana me preparé para esa llave; después, sólo fue cuestión de hacerlo caer en mi ritmo de lucha. Cuando Golden Fire vuela, nada lo puede derribar.

—Al final la gente reconoce tu esfuerzo y te saca en hombros.

—Eso es algo que nunca voy a olvidar, y te aseguro que no será la última vez que me veas salir de esa manera.

—¿Qué sigue ahora?

—Por lo pronto, darme un baño y descansar. Después, que todos los que quieran una oportunidad para luchar por este título se formen... pero con el psicólogo que les quitará la frustración, porque no van a poder ganármelo. ¡Jajaja!

—¿Algo que desees agregar?

—Gracias a todos los que creyeron en mí y me apoyaron, en especial a mi amiga Karla. Este triunfo es para ti.

★ ★ ★

¡Paren la música! ¡Digo, paren el auto! ¡Digo, paren el video! ¿Qué hacen viendo al mequetrefe de Golden Fire? Señorita editora, ¿por qué empezar este nuevo libro así? Está bien que hay que darle un repaso a la gente, pero ¿no era más fácil un *copy paste* de la crónica de la lucha?... No se enoje; ya sé que es bien chafa emplear ese recurso. Sólo digo que, aquí mero está su Conde Aterciopelado o sea yo, y si me hubiera avisado que debíamos poner en contexto a los lectores, le habría escrito algo más bonito y no necesitaría las palabras de ese chapulín atómico.

¿No me creen que hubiera podido hacer algo mejor? Pues agárrense todos, que ya me gustó esto de escribir libros.

La tercera palmada cayó. Golden Fire cumplió su palabra y me dio una gran sorpresa. Nunca creí que mi némesis, el archienemigo de mis años mozos, el Pecas, y la lombriz con patas fueran la misma persona. No había nada que hacer. El réferi dio por bueno el triunfo de mi rival. ¿Qué podía yo reclamar? ¿Que me recordó el apodo que me puso en la primaria? No creo que el reglamento prohíba eso. Al menos me quedaba el consuelo de que a la gente le había gustado la lucha y nos dio una gran ovación. Sí, se llevaron al chapulín en hombros, pero yo tuve la satisfacción de que varios aficionados me pidieran mi autógrafo, y un par hasta me premió con billetes por mi desempeño; la afición de esta arena no reconoce con dinero a cualquiera.

Ya en los vestidores, después de que los reporteros terminaron de entrevistar a su campeón y de que Golden Fire me dejara ver su rostro, me hice la firme promesa de que me ganaría el derecho a una revancha; entonces las cosas serían muy diferentes. Algunos de mis compañeros rudos se acercaron y me ofrecieron palabras de consuelo. Es reconfortante saber que existe la solidaridad entre los luchadores rudos.

Me di un baño que me ayudó a relajarme y poner mis ideas en orden. Salí de la arena y, para mi sorpresa, me topé con varios aficionados que me pidieron que les regalara una foto. Por desgracia yo no traía ninguna, pero al menos pudimos tomarnos unas cuantas con sus celulares.

"No importa que haya perdido; para mí, usted es el verdadero campeón", me dijo un niño, y su mamá se acercó en ese momento y se lo llevó, recordándole que no le gustaba que le hablaran a ese "salvaje". No me había dado cuenta de que se trataba de la señora que tanto me odia. Ni siquiera traté de desmentirla. Me sentía agotado y sin fuerzas para convencerla de que fuera del ring soy encantador. Su hijo, sin embargo, volteó una última vez y me dijo adiós con la mano.

Repartí un par de autógrafos más antes de reunirme con mi familia. Nos esperaba un largo camino de regreso a casa. Tenía la esperanza de que, al menos, pasáramos primero a cenar.

1

✦ PERO DEBERÍAS VER CÓMO QUEDÓ MI RIVAL ✦

Las revistas. Lo que más coraje me daba era verlas en los puestos de periódicos. En sus portadas aparecía Golden Fire con su cinturón de campeón de peso wélter. Yo trataba de olvidar aquella derrota y ahí estaban ellas para recordármela. Y también estaban Vladimir, el Caballero Galáctico, mi padre y mi abuelo (y Tetsuya) con sus constantes observaciones. Fue una semana muy larga:

—La salida de bandera fue defectuosa.

—No apretaste bien las manos al hacer el tirabuzón.

—Te he dicho que gires a la izquierda, no a la derecha, para romper la llave.

—Administra tu respiración. Se notó que te quedaste sin aire en la tercera caída.

—Viejito carcamán opina que buena fue la contienda, pero el sushi gustarle más. Preferirá lucha cuando gane combates de campeonato nieto maravilla.

—¿En serio te decían Superpants Júnior?

—¿Golden Fire tiene pecas?

¿Se imaginan tener que aguantar eso? Terminé aturdido y sin ganas de ver mis enfrentamientos con Vladimir en mucho tiempo. Sabía que mis entrenadores eran bien intencionados, pero en verdad necesitaba unos días de reposo antes de retomar mis actividades. Bien me lo decía un compañero en la arena: los deportistas debemos tener memoria corta, porque si nos obsesionamos con nuestras victorias o derrotas, nos quedaremos estancados. Claro que en casa no me la ponían tan fácil:

—¿De verdad perdiste por eso? —era la pregunta que mi padre me hacía a cada rato.

—Ya sé que no debería afectarme, pero te juro que nunca creí que volvería a oír ese apodo o ver a ese niño.

—¿Y dices que lo entrena una niña?

—No te burles; si la vieras en el gimnasio te darías cuenta de que sabe de lucha casi tanto como tú, y además se especializa en castigos más modernos.

—¿Insinúas que soy viejo?

—Sólo digo que ella tiene un estilo diferente, y a la gente le gusta cómo lo hace Golden Fire. Le ha aprendido muy bien.

—¿Y perdiste porque te recordó un mote de cuando ibas en el kínder?

—Primaria y secundaria, papá; en kínder yo no conocía al Pecas.

—¿Y te llamaban Superpants Júnior?

—Ese era mi apodo.

—¿Y por qué te decían así?

—Mi vida, ¿vas a ponerte los pants grises o quieres que los eche a la lavadora?

A veces las interrupciones de mi mamá son muy oportunas.

✶ ✹ ✶

Dos días después de la lucha de campeonato, el promotor de la arena Tres Caídas rentó el local para filmar un comercial (y no me invitaron a participar) y se suspendieron temporalmente las funciones. Esto me dio un poco de descanso, pues aunque tenía trabajo en otras arenas, ya había apartado las fechas para ésta. Y qué mejor manera de aprovechar ese par de días libres que yendo a la escuela de mi tía para ver los ensayos del recital. (Parecía que llevaban toda la vida ensayando, pero es que mi tía es muy previsora y empezó varios meses antes.)

Me llevé una muy grata sorpresa: varios de los alumnos no sólo se habían aprendido los poemas; también los comprendían, y eso les ayudaba mucho al momento de recitarlos. Además, el complemento del arpa era muy bueno. Me costó trabajo contener la emoción delante de toda la clase, pero no quería ser la burla de los chicos.

—Tenía tiempo de no verte. ¿Cómo siguen tus manos? —era la arpista, quien se me acercó al terminar el ensayo.

—Mejor, muchas gracias. Esas cuerdas son armas mortales.

—No es cierto; simplemente tocaste mal. Debes usar las uñas, no la mano entera.

—Suena muy complicado.

—Ni tanto; sólo hay que practicar mucho. Si quieres, puedo darte unas clases.

—¿En serio?

—Sí. Enseñarle a un principiante me ayudará a mantener sueltos los dedos.

—Me encantaría tomar clases contigo.

—Pásame tu teléfono para que estemos en contacto.

No pongan esas caras ni se imaginen cosas que no son. El interés de esa chica era meramente científi…, artístico. Además, a mí me gusta el arpa, ¿por qué no aprender a tocarla? Es verdad que ahora me gano la vida azotando mi humanidad contra el ring y que soy el terror de los encordados, pero estoy seguro de que en mi otra vida era un virtuoso de las cuerdas.

Por supuesto, no imaginé lo difícil que resultaría compaginar los horarios. La chica tenía una agenda muy comprometida, así que los siguientes días, por más que lo intentamos, no pudimos ponernos de acuerdo. Ella tenía libres algunas mañanas, pero yo debía asistir al gimnasio para entrenar con el Caballero Galáctico. En las tardes estaban mis sesiones con Vladimir y ella iba a los ensayos con mi tía. Por las noches yo luchaba y ella acudía a recitales en el Conservatorio.

—¿Estás loco? ¿Dejar de entrenar dos días a la semana?

—Tranquilo…

—¿Cómo quieres que esté tranquilo? Echarás a perder tu carrera.

—Vladimir, no exageres.

—¿Que no exagere? ¿Dices que no exagere? Si entrenando a diario no pudiste ganar el campeonato, ya me imagino qué pasará si descansas dos días a la semana.

—Te pones como si hubiera dicho que voy a dejar la lucha libre. Yo sólo quiero tomar esas clases.

—Eres, ante todo, un luchador profesional. Tus responsabilidades están antes que cualquier otra cosa.

—Vladimir, ¿ya hiciste tu tarea?

—No me cambies la conversación. Yo no perdí la lucha de campeonato; además, hoy es domingo y no tengo tareas los domingos.

—Vladimir, es martes; mañana tienes clases.

—Pues con mayor razón deberías olvidar ese tema y ponerme atención. Mañana tengo clases y no he hecho la tarea. Anda, vamos a repasar la lucha pasada, para ver qué debemos corregir con mi tío.

Y una vez más me enfrenté a la tortura de ver cómo no logré conquistar el campeonato. Lo único bueno era que podía regodearme de la paliza que le puse a Golden Fire durante casi todo el encuentro.

—Quita esa sonrisa de la cara. Perdiste: no tienes derecho a sonreír.

—Vladimir, relájate un poco; no vas a llegar a viejo si sigues así. Disfruta la lucha, mira cómo se nos entregó la gente. Al promotor le gustó. Me felicitó al día siguiente.

—No me digas que no voy a llegar a viejo. Claro que alcanzaré tu edad; tengo perfecta salud.

—¿Ahora soy yo el anciano?

Tal vez Vladimir y yo somos un poco tercos. Lo cierto es que me resulta imposible enojarme con él y siempre me saca una sonrisa…, aunque me prohíba sonreír.

El Caballero Galáctico, afortunadamente, era más comprensivo:

—No gané la lucha que recuerdo con más cariño, pero fue tan buena que la gente nos premió con una lluvia de dinero como hacía mucho tiempo no se veía.

—¿Entonces no está mal que goce viendo cómo puse al chapulín?

—No me malinterpretes, muchacho. Está bien que disfrutes la lucha, pero no dar su justo valor a una derrota es tan peligroso como sobrevalorar una victoria. Olvida lo pasado y concéntrate en tus siguientes combates. Aunque el Conde Alexander se está ganando el respeto de mucha gente, si se descuida puede perderlo con gran facilidad.

—¿Y las clases de arpa?

—Eso tiene solución. Si todos los días sales a correr y haces tus ejercicios, podemos darte un par de horas libres a la semana.

—¿Y no se enojará Vladimir?

—Si eso no afecta tu desempeño en el ring, con el tiempo lo comprenderá.

—¿Con el tiempo?

—Digamos que dentro de unos tres años.

—¡…!

—No pongas esa cara; deberías reconocer cuando te hacen una broma.

—No es eso, profesor; mire quiénes llegaron.

Por la puerta del gimnasio entraron Karla y Golden Fire. Ni siquiera nos dirigieron una mirada. Se subieron al ring y se pusieron a entrenar.

—No voy a descuidarme, profe. Le prometo que, antes de que acabe el año, le quitaré el campeonato al zoquete ese.

—Estamos a mitad de diciembre.

—El año próximo, profesor; no me dejó terminar.

Me retiré con el Caballero Galáctico, no sin antes escuchar a Karla:

—Y que sea la última vez que el Conde te domina de esa manera.

—Pero si gané la lucha, Karla.

Ya no supe qué le contestó la niña a Golden, pero de seguro no fue algo tierno porque instantes después escuchamos cómo lo lanzó fuera del cuadrilátero y lo estrelló contra el suelo.

—Oiga, profesor, mejor no me quejo por cómo se pone Vladimir.

—Haces bien, muchacho; haces bien.

2

CÓMO FUE QUE EL INSERVIBLE GOLDEN FIRE IDEÓ SU MAQUIAVÉLICO PLAN

Mire, señorita editora, no tiene que recordarme que me falta contar muchas cosas. Apenas es el segundo capítulo. Le propongo algo: antes de seguir con mi fascinante historia, dejemos que la gente sepa cómo fue que el inservible Golden Fire ideó su maquiavélico plan… Qué bonita frase; debería usarla como título para un capítulo.

Todo empezó cuando le apliqué la quebradora y le metí unas patadas voladoras en la escuela. (Si tuviera un arpa, podría hacer el efecto de sonido que ponen en la televisión cuando alguien va a recordar algo.)

* ✦ ✦

El siguiente es un fragmento de las memorias de Golden Fire. Su inserción en tan bonito libro ha sido autorizada por el Conde Alexander, quien aclara que esta es una situación excepcional, no una imposición de la señorita editora, y mucho menos una invitación a la sabandija (Golden, no la editora) a colaborar en este conmovedor relato.

* ✦ ✦

No sé qué me dolió más: la espalda o mi orgullo. No podía creerlo. Superpants Júnior me había sorprendido y dejado en ridículo delante de mis amigos. A mí, al temido Pecas (no me gusta el apodo, pero ni crean que les diré mi verdadero nombre… Karla dice que no es bueno para mi imagen de luchador enmascarado). Llevaba muchos años siendo el rey de la escuela, y bastó un segundo para convertirme en la burla de todos.

No podía permitir que Superpants Júnior se saliera con la suya, pero tenía que ser astuto y planear muy bien mi venganza. El primer paso era no acusarlo con la directora. Mis compañeros se sorprendieron de ver que no pedí castigo para el salvaje ese pero, además de que los niños no vamos de chillones con la maestra, necesitaba hacerle creer que sus acciones no habían tenido consecuencias para que terminara bajando la guardia.

Si el ñoño ese había tenido la desfachatez de no contarme que estaba entrenando lucha libre, yo podía hacer lo mismo. Esa semana, después de convencer a mi mamá de que me había caído de la patineta y de que me llevara al doctor para que se asegurara de que no me había pasado nada en la espalda, empecé a presionar en casa para que me dejaran ir a los entrenamientos.

No piensen que todo lo he hecho sólo para vengarme; a mí las luchas siempre me han gustado, y estoy convencido de que ser técnico es lo mejor del mundo. Sin embargo, no fue sino hasta ese instante cuando me di cuenta de que en verdad deseaba aprender a luchar. Mis papás no cumplieron mi deseo de inmediato, a pesar de mis excelentes calificaciones (cada vez que sacaba un siete lo pegaban en el refrigerador y hacían una fiesta; siempre fui el mejor estudiante de la familia). Tuve que esforzarme durante varios meses haciendo un montón de tareas para persuadirlos de que me dejaran aprender a luchar: lavé trastes, recogí la basura, lavé el carro de papá, llevé mi ropa sucia al cesto, barrí mi recámara los domingos y, como remate, mejoré mis notas. El día que saqué siete punto cinco (que subía a ocho), mis papás accedieron. Dos años después tuve mi primer entrenamiento; no pudo ser antes porque ni mis papás ni yo sabíamos dónde daban clases. Por suerte, cuando acabé la secundaria nos cambiamos de casa a una que estaba a espaldas de un gimnasio donde enseñaban lucha libre. Ahí empecé a dar mis maromas, aprendí algunas llaves y asombré a mis profesores con mi facilidad para el trampolín.

Una vez completada la primera fase de mi genial plan, averigüé con mis ex compañeros dónde vivían Superpants y su familia para vigilarlos. Si mis sospechas eran ciertas, seguramente el hijo del Exterminador querría seguir los pasos de su papá. Y no me equivoqué. Todas las tardes, el mocoso chillón iba a entrenar al gimnasio de un exluchador que piensa que está enfermo de todo, y a veces lo llevaba su papito lindo.

¿Así que Superpants Júnior quería dejar su huella en los cuadriláteros? Pues yo le dejaría una marca aún más profunda en toda su humanidad. Durante varios meses no falté un solo día a mis entrenamientos. Pesas, ejercicio cardiovascular, acrobacias, *tumbling;* hice de todo para prepararme.

Un día, mientras acompañaba a mi mamá a un mercado de la colonia vecina, vi que habían puesto un ring en el parque para dar una función gratuita de lucha. Casi tiré la leche de la impresión al ver que en el cuadrilátero había una lombriz que se hacía llamar Maravilla López júnior. ¡Era ni más ni menos que Superpants Júnior! Y unas semanas después vi su nombre en el cartel de la arena Tres Caídas. ¡No podía creerlo! ¡Ya había debutado! Tenía que apresurarme o mi venganza no se consumaría.

A escondidas de mis maestros fui a hablar con el dueño de la arena Tres Caídas y le pedí una oportunidad en sus funciones. Me rechazó porque no tenía licencia, así que fui corriendo con mis entrenadores y les pedí que me ayudaran a conseguir una; no obstante, se negaron porque decían que todavía no estaba listo. ¡Aaargh! Necesitaba debutar lo antes posible; no podía dejar que Maravilla López júnior se me adelantara.

De repente todo fue caos y confusión. Maravilla López júnior salió lastimado en esa función (y yo que estaba en las tribunas, listo para aventarle un jitomatazo) y no volví a verlo anunciado. Me entró un ataque de ansiedad. Sabía que seguía yendo al gimnasio, pero ya no lo encontraba en ninguna cartelera. Yo estaba convencido de que estaba luchando en algún lado, pero no lograba averiguar dónde.

Regresé a la arena Tres Caídas, pero se negaron a darme noticias de él. Dijeron que sólo proporcionaban

información de las funciones o de la escuela, pero no de los luchadores. ¿Así que ahí daban clases de lucha? Pues esa sería mi puerta de entrada para debutar y consumar mi venganza.

Después de inscribirme y comenzar los entrenamientos, tardé mucho en conseguir que me dieran una oportunidad. El maestro de la arena (bastante más exigente que mis anteriores profesores) opinaba que me faltaba pulir mis bases, que no todo era volar. Afortunadamente, una noche, al salir de la arena, se me acercó quien se convertiría en mi mentora, ángel guardián y diablo de compañía: Karla.

A ella la conocí en uno de los entrenamientos; creo que había ido a pedir informes (o trabajo, tal vez) y la dejaron quedarse a ver las clases. Ese día fue particularmente bueno: mis vuelos salían cada vez mejor y no me resbalé tantas veces en las cuerdas. Incluso el maestro reconoció que ya hacía mejor el candado.

Después de la clase me dirigí hacia el estacionamiento; ahí estaba la niña. Se me acercó y me dio una tarjeta en la que se anunciaba como asesora de imagen, maestra de lucha libre y experta en redes sociales.

—Yo puedo hacerte estrella. Búscame.

Pensé que era broma, pero esa noche me metí a su página de Facebook y vi la cantidad de luchadores que le manifestaban su agradecimiento por todo lo que había hecho por sus carreras. Un poco incrédulo, la llamé al día siguiente; esa ha sido una de las mejores decisiones que he tomado. Karla me llevó con el Atómico y empecé

una nueva rutina de ejercicios, la cual se complementaba muy bien con mis clases en la arena. Una semana después, ya con más confianza, le conté mi historia: desde aquella quebradora y la pérdida de la pista de Maravilla López júnior, hasta mi necesidad de venganza... y de convertirme en una gran figura del pancracio, claro.

—Dame seis meses y te haré estrella de la arena Tres Caídas. Verás cómo tu enemigo, si en verdad ya es luchador, te va a buscar.

Y la chica cumplió su palabra: me ayudó a conseguir la licencia, sugirió mi nombre de batalla y diseñó mi equipo. Además convenció al promotor de que me diera tres luchas de prueba, y como a aquél le gustó mi trabajo, me integró a su elenco. Ya comenzaba a saborear la venganza cuando se apareció en mi camino el Conde Alexander y de inmediato quiso aprovecharse de mi calidad de novato. A la gente y al promotor les gustó esa rivalidad, pero a mí no: yo necesitaba encontrar a Maravilla López júnior.

Para tranquilizar mis ansias, Karla consiguió que me permitieran entrenar en el gimnasio donde estaba el llorón ese y me aconsejó que siempre fuera enmascarado para que no supiera quién era yo y así poder averiguar dónde luchaba y acorralarlo. Yo quería desquitarme ahí mismo, en el gimnasio, pero Karla fue más lista:

—Hazlo en una arena, para que la humillación sea pública.

Todo marchaba a la perfección. Notaba muy bien cómo el niño de los pants de oro se la pasaba muy nervioso, y ni él ni su maestrito (¡lo entrena un niño, ¿pueden creerlo?!) sabían por qué se sentían así. Mientras tanto, las cosas se me complicaban en las funciones, pues el tramposo Conde Alexander se empeñaba en maltratarme, y ya estaba cansándome de eso.

—Debemos acabar con ese Conde. No me quiso en su Facebook, yo no lo quiero en mi arena —decía Karla a cada rato.

—Pero, Karla, Maravilla López…

—Él no traerá nada bueno a tu carrera. Primero destruye al Conde y después tendrás lo que quieras. Encuentra su debilidad.

Y me di a la tarea de molestar al Conde en los vestidores. No fue difícil hacerlo rabiar, sobre todo cuando descubrí que era un sentimental al que le gustaba (¡ja!) leer poesía (más ¡ja!); además, una vez que advertí lo mucho que le importaba lo que la gente pensara de él, mi labor se facilitó aún más.

Pero lo que en verdad fue un regalo del cielo fue descubrirlo sin máscara. Todo era tan obvio que nunca me di cuenta. Tenían el mismo cuerpo, caminaban igual y siempre parecía que estaban a punto de armar un drama.

De modo que ese era su secreto: el Conde Alexander y Superpants Júnior eran la misma persona. Pues ahora ese tonto sufrirá las consecuencias de haber querido engañarme. Se va a arrepentir de lo que me hizo. Se inclinará ante la grandeza de Golden Fire. Seré su peor pesadi…

★ ★ ★

Interrumpimos este programa para informarles que Golden Fire se quedó sin dinero en el café internet y no pudo completar su texto. A partir de este momento retomamos la narración original del Conde Alexander.

3

✦ LA PRIMERA GIRA ✦

¿Satisfechos con la versión de Golden Fire? ¿Se dan cuenta de lo tramposo que es? Y eso que él es el técnico. Yo seré muy rudo, pero soy un caballero encantador debajo del ring. Claro, si hacen caso a esa señora que se empeña en alejarme de sus hijos, siempre me verán como un salvaje, aunque a estas alturas ya deberían saber que debajo de la máscara la realidad es muy distinta.

Pero basta de hablar de Golden Fire: esta aún es mi historia. Mis siguientes presentaciones después de la lucha de campeonato fueron buenas. A los aficionados no les importaba verme sin el cinturón: algunos de ellos seguían odiando mis rudezas y otros continuaban alentándome para que acabara con mis rivales. Mis lugares en las carteleras eran cada vez mejores: semifinales, estelares. Mi nombre comenzaba a convertirse en una necesidad para varios promotores.

—No confiarse, deber, muchacho, o caída dura algún día sufrirá —me aconsejaba mi abuelo a través de Tetsuya.

—No te preocupes, abuelo; no dejaré que se me suban los humos.

—Lo que no debes dejar es el entrenamiento —intervino mi padre—. Siempre debes darle algo nuevo a la gente, de lo contrario se aburrirán de ti.

Como seguramente imaginan, en noventa por ciento de las comidas familiares hablábamos de lucha libre. No me quejo: los consejos de mi padre y mi abuelo me han funcionado. Pero, siendo sincero, extrañaba platicar de poesía con mi tía o saber qué nuevas películas había visto mi madre en su trabajo. A veces me daban ganas de que no se fijaran tanto en mí para que fuéramos una familia normal, de esas que se quejan porque se quemó la comida, porque el jefe del papá es un tirano o porque la maestra acusa a los hijos cuando no hacen la tarea.

Por supuesto, no sabía lo que decía, y muy pronto me di cuenta de que debía valorar lo que tenía en casa. No crean que me voy a poner melodramático, pero dejen que me cambie la máscara porque ésta se ha empapado de lágrimas.

Después de dos semanas de no estar programado en la arena Tres Caídas, el promotor me citó en su oficina. Me presenté; iba algo nervioso, pues ignoraba de qué quería que habláramos.

—Muchacho, ¿estás bien? Traes una cara terrible. Deberías ponerte la máscara para no preocupar a los demás —dijo el promotor, a modo de recibimiento.

—Perdón, señor, no sabía que debía venir enmascarado.

Sus carcajadas me sorprendieron; no sabía si contagiarme de su risa o inquietarme más.

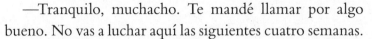

—Tranquilo, muchacho. Te mandé llamar por algo bueno. No vas a luchar aquí las siguientes cuatro semanas.

—¿Eso es bueno? ¿Me está castigando?

—Eres muy impulsivo; debes aprender a escuchar. No lucharás aquí porque voy a mandarte de gira.

—¿Pero después podré seguir presentándome aquí?

—Sí. Eres de mis cartas fuertes. He recibido llamadas de varios promotores de otras ciudades; quieren que les mande luchadores a sus arenas, y tú eres uno de los que más me solicitan.

—No sé qué decir, señor.

—Pues deberías pedirme el programa de tus luchas y algunos consejos, porque viajarás solo. También puedes decir "gracias". Qué sé yo. No te pongas tan nervioso, muchacho. Vas por buen camino.

Salí feliz de la oficina, con un fólder en el que venían los itinerarios y varios boletos de autobús. Por mi mente pasaban todas las veces que mi papá se despedía de nosotros para irse de gira. Con una sonrisa recordé cuando no quería que yo supiera que era luchador y me decía que tenía un "trabajo muy normal con un horario muy loco". Después de conocer su secreto, me encantaba recibirlo a su regreso, para ver si en su maleta traía alguna máscara o campeonato que hubiera ganado. Ahora experimentaría una faceta más de la vida de un luchador.

Antes de ir a casa pasé al gimnasio para hablar con el Caballero Galáctico. Cuando llegué, Vladimir ayudaba a su tío a vendarse las rodillas y le ponía hielo en las articulaciones.

—¿Está lastimado, profesor?

—No; sólo un poco adolorido. Vladimir sabe cómo atenderme.

—¿Qué le pasó?

—Anoche iba a tomar una medicina, y al abrir el frasco se me cayó la pastilla al suelo. Estuve seis horas a gatas, buscándola.

—¿Por qué no se tomó otra?

—Era la última… Es muy difícil encontrar una pastilla roja en una alfombra roja, durante la noche, con la única ayuda de una linterna con batería baja.

—Hubiera prendido la luz de su casa.

—No quería despertar a Vladimir y a su mamá.

—¿Y la encontró?

—Sí, a las seis de la mañana.

—No se la tomó, ¿verdad?

—No, ya estaba sucia; pero al menos me aseguré de que el perro no se la tragara.

La noticia de la gira causó gran alegría entre mis profesores y familiares. Juraría que Vladimir dijo en voz baja: "Mi muchacho está creciendo", conteniendo una que otra lagrimita. En casa, mi papá, al ver en qué ciudades lucharía, me hizo una lista de restaurantes donde me atenderían muy bien, así como otra de lugares que debería evitar porque no había dejado suficiente propina. Mi mamá, mientras tanto, entró a mi recámara y empezó a hacer mi maleta.

Dos días después, mi familia y maestros me acompañaron a la terminal de autobuses para despedirme y darme sus últimos consejos.

—Recuerda: un rudo nunca deja que le carguen la mano —mi padre.

—Abrígate, come a tus horas, sé amable y deja propina… No seas tacaño como otros que conozco —mi madre, en voz baja.

—Lee el libro que te empaqué, para que te entretengas en el camión —mi tía.

—Si tienes chance de dormir en la carretera, hazlo: varias de tus luchas son en la noche, y al día siguiente viajas muy temprano. Siempre ubica dónde están las farmacias más cercanas al hotel y a la arena —el Caballero Galáctico.

—Si encontrar sushi en el camino, comer sin remordimiento —Tetsuya y mi abuelo.

—Revisa tu correo todos los días; voy a mandarte consejos para que ganes la mayoría de tus luchas.

—Vladimir, no sé si tendré tiempo de ir a un cibercafé.

—Para eso hay smartphones.

—No tengo uno.

Por toda respuesta, mi petit máster me dio una caja y un sobre.

—En el sobre viene tu nuevo número telefónico y el instructivo. Ya le cargué todos los teléfonos importantes,

empezando por el mío. Quiero que te conectes todas las tardes para que me informes de tus avances.

—Gracias, jefe.

Abracé a todos. Una vez dentro del camión, empecé a hojear el instructivo. Como era algo complicado, a los dos minutos lo guardé y mejor me concentré en el libro que me había empacado mi tía. Ya tendría tiempo para aprender a usar el aparatito ese.

Lo malo fue que no pude disfrutar de la lectura, pues recordé que no le había avisado a la arpista que estaría fuera de la ciudad y me daba mucha pena dejarla plantada.

4

✦ PRECAUCIÓN, RUDOS TRABAJANDO ✦

Llegué a la primera de las ciudades ya entrada la noche. Sé que todavía me falta mucho para ser considerado una estrella, pero la próxima vez pediré que me manden en avión: diez horas en autobús son muy pesadas. En las instrucciones que me dieron venía a dónde debía llegar para dormir un rato. Pensé que sería un hotel, pero era una casa de huéspedes.

—Tú debes ser el joven que mandaron de la capital. Pasa, ya está lista tu habitación.

—Buenas noches, señora. Muchas gracias.

—¿Señora? No soy tan vieja como parezco. Si me ves el pelo gris es porque los luchadores como tú me sacan canas con todas sus travesuras.

—¿Conoce a varios?

—Vivo de ustedes. Esta casa es muy grande para mí sola, así que rento las recámaras para los luchadores que vienen a trabajar aquí. Los de la capital dejan muy buenas propinas. Espero que no los hagas quedar mal.

—No sabía, señora; pero no se preocupe: haré honor a mis paisanos.

—¿Me creíste? Tu patrón tenía razón: eres demasiado noble, muchacho; no sabes reconocer una broma. No tienes que pagarme nada; ya están cubiertas tus dos noches. Y, si eres listo, hazme caso y vete a dormir. Mañana platicaremos todo lo que quieras.

Me retiré a mi habitación. Me puse la pijama y me preparé para acostarme, cuando súbitamente me dieron ganas de bailar. Parecía como si una melodía contagiosa sonara en mi cabeza a todo volumen.

—Muchacho, contesta ese teléfono o, si lo vas a ignorar, por favor ponlo en silencio. Hay gente que quiere dormir.

Qué vergüenza. Tomé el aparato y vi que tenía un mensaje de Vladimir: "Si mis cálculos son correctos, ya debes haber llegado y cenado, y estarás acostado para descansar. No olvides salir a correr mañana, antes de desayunar".

Tardé un poco en responderle. "Todo en orden, jefe. Hace frío, pero voy a dormir cómodo. Descansa."

Su respuesta fue inmediata: "¿Y se puede saber por qué no te has dormido? Tantas horas en autobús debieron agotarte. ¡Acuéstate ya!".

Ay, Vladimir, ni cuando estoy de gira dejas de cuidarme.

Como me dio insomnio, me entretuve jugando con el teléfono; por eso me desperté un poco tarde al día siguiente. Aun así, no quise dejar de entrenar y salí a correr un rato. Regresé dos horas después porque me perdí y no encontraba el camino de vuelta a la casa de huéspedes.

Cuando por fin llegué, la dueña me esperaba con un plato de sopa y carne asada.

—Si todos los días corres tanto, nunca tendrás sobrepeso. Siéntate, ya está servido.

La comida estaba muy rica y disfruté platicar con la señora.

—A mí me gustan las luchas desde hace muchos años. Tú todavía ni nacías. Me aficioné a ellas por el cine. De pequeña me encantaba ver esas películas en que los luchadores peleaban contra zombis, momias y no sé cuántos monstruos. Cuando cumplí nueve años, mi papá me llevó a la arena donde te presentarás hoy. Ahí terminé de enamorarme de este deporte.

—¿Tanto tiempo tiene la arena?

—Más respeto, joven.

—Perdón, señora. Quise decir que si voy a luchar en un lugar de tradición.

—Por supuesto. Antes, quien quisiera triunfar en nuestro país debía conquistar esta arena. Somos un público muy exigente.

—En la capital lucho, sobre todo, en la arena Tres Caídas. Y su gente no apoya a cualquiera.

—Lo sé. Tu jefe dice que eres de sus mejores talentos. ¿Con qué nombre luchas?

—Soy el Conde Alexander.

—¿Usas máscara?

—Sí.

—¿Y por qué me dijiste quién eres? Debes guardar tu identidad lo mejor posible. Ya me arruinaste la magia.

—Creí que usted conocía a muchos luchadores, puesto que todos se hospedan aquí —fue mi pobre disculpa.

—Nunca olvides esto: la identidad se respeta. Si usas máscara, no divulgues quién eres.

—Entiendo.

—Y quita esa cara. No sé cómo puedes ser luchador si te angustias de esa manera siempre que alguien te hace una observación.

Estuve a punto de contarle a esa señora todos los problemas que he tenido por mi sensibilidad, pero intuía que se burlaría de mí, no me comprendería o me saldría con la cantaleta de "así no se comporta un hombre". Mejor cambié el tema.

—¿Esta noche irá a la función?

—No me la perdería por nada. Hoy lucha mi ídolo...

En eso sonó mi teléfono y me levanté de la mesa. Era mi padre, quien quería saber cómo había llegado. Colgué cinco minutos después y reanudé la conversación con la señora.

—Yo me hice aficionado a la lucha libre por mi papá.

—¿Te llevaba a las arenas?

—Al principio no, pero cuando supe que era luchador le insistí tanto que al final aceptó que lo acompañara.

—¿Eres hijo de luchador? No lo sabía.

—No lo he hecho público; quiero ganarme un lugar por mí mismo, no que me lo regalen por ser el hijo de alguien.

—¿Quién es tu papá?

—El Exterminador.

—¿Y por qué me lo dices? Si lo vas a mantener en secreto, no se lo cuentes a nadie, ni siquiera a mí. Esta juventud no entiende. Aunque, ya que me contaste tu secreto, debo confesarte algo: tu papá se hospedó muchas veces aquí. Él es uno de los huéspedes más tranquilos que he tenido. Se pasaba horas frente a la tele, viendo películas; decía que así se sentía más cerca de su esposa y de su hijo, quien siempre chillaba en las escenas tristes. ¿Tienes muchos hermanos?

—Soy hijo único.

★ ★ ★

Dos horas después me fui a la arena. Me tocaba combatir en la semifinal, mano a mano con un muchacho que se hacía llamar Romeo el Galante. Creo que era uno de los

favoritos de la afición, porque la gente le aplaudió a rabiar cuando lo presentaron. Sonó el silbatazo y rápidamente me agarró la cabeza con un candado. Mientras apretaba la llave, me dijo al oído:

—No me gustan los invasores como tú; son unos mimados.

El pobre no sabía en la que se acababa de meter. Me zafé del candado y de inmediato empecé a castigarlo como sólo el Conde Alexander puede hacerlo. Le puse tal paliza que el réferi me descalificó en la primera y segunda caídas. El público estaba furioso; el promotor, en cambio, se veía muy complacido.

—Hace mucho que no se presentaba alguien como tú por aquí. Te aseguro que no será la última vez que pida que vengas.

Salí contento por esas palabras y porque me dieron un bono por haber dejado bien calientito al público para la lucha estelar. Mi padre hubiera estado orgulloso de mi rudeza. A quien no le gustó mi trabajo fue, precisamente, a la dueña de la casa. Resulta que Romeo el Galante era su ídolo y se enojó muchísimo por cómo lo castigué. No sólo no me dirigió la palabra durante la cena: cerró con llave la puerta de mi cuarto y tuve que dormir en el sofá.

5

★ BUENO Y MALO MEZCLADO ★
EN REGULAR SE CONVIERTE

Al día siguiente debía salir temprano a la terminal de autobuses. Estaba por abandonar la casa cuando la dueña me detuvo.

—¿Te vas así? ¿Sin despedirte ni desayunar?

—No quería despertarla. Pensaba comprar algo en la terminal para comerlo en el camino. Le dejé una nota.

—La terminal no está lejos. Al menos acéptame un plato de cereal.

—¿Ya no está enojada conmigo?

—Hiciste lo que tenías que hacer; lo entiendo, muchacho. No hay rencores. Además, si regresas a luchar aquí, quiero que te quedes en mi casa. ¿Firmarías mi pared de la fama?

Autografié el muro. La señora me sirvió el plato prometido y se despidió de mí, pues debía ir al mercado a hacer unas compras.

—Mi sobrino vino de visita; él te abrirá la puerta.

Me senté a la mesa y le di la primera cucharada al cereal. Escupí de inmediato. En lugar de azúcar, la señora le había echado sal. Agarré un par de manzanas del frutero y opté por salir. En la puerta estaba el sobrino de la señora, listo para despedirme. Ni más ni menos que Romeo el Galante. Por fortuna no me reconoció sin la máscara.

✱ ✱ ✱

Mi segundo destino no estaba muy lejos. Según la información del tablero de la estación, serían dos horas de recorrido, tiempo perfecto para una siesta (el asiento del autobús se veía más cómodo que el sillón de la casa de huéspedes). Apenas abordé el camión, programé la alarma de mi celular, me senté y me quedé dormido en el acto; de seguro hasta ronqué.

Dos horas después sonó la alarma del teléfono. La siesta había sido reparadora, me sentía fresco y en las mejores condiciones para continuar acabando con cuanto técnico me pusieran enfrente. En eso el chofer hizo un anuncio:

—Agradecemos su paciencia. Nuestros mecánicos ya arreglaron el desperfecto y estamos listos para iniciar el viaje. El recorrido será de dos horas.

Cuando llegué al hotel donde pasaría la noche, ya me estaba esperando el dueño de la arena que me había contratado, y no se veía nada contento.

—No puede ser tanta informalidad. Apuesto a que ya te sientes una estrella. Tienes que ser cumplido, ante todo.

—Lo siento, señor; no fue mi culpa. El autobús se averió.

—¿Y por qué no hablaste para reportarte? No soy adivino. Deja tus cosas en el cuarto y baja en menos de diez minutos: tienes una firma de autógrafos y ya vas tarde.

No olvides traer tu equipo; te quieren tal cual te ves en el ring.

El promotor tenía razón: era mi responsabilidad avisarle de cualquier percance.

Nos fuimos al evento y, para mi sorpresa, ya había una fila bastante larga.

—¿Quién más va a firmar?

—Nadie, muchacho; están aquí por ti.

No supe qué contestar. Entré a un privado, para ponerme mi traje del Conde Alexander, y acto seguido me senté y comencé a repartir autógrafos, tomarme fotos, estrechar manos. Lo mejor fue cuando unos aficionados me regalaron un cuadro en el que aparecía dándole una paliza a Golden Fire (por consejo del promotor, lo mandé a casa por mensajería). La pasé tan bien que perdí la noción del tiempo. Apenas terminó la convivencia y el promotor ya me estaba urgiendo para que subiera al auto que nos llevaría a la arena.

—Me habían advertido que eras tímido, pero no creí que tanto. Eres muy callado —me dijo el promotor en el camino.

—Es que sigo pensando en cómo me recibió la gente. Además, fue mucho tiempo.

—Sólo firmaste dos horas; tampoco te creas la gran cosa. Aun así, reconozco que eres uno de los que más gente han jalado. Algo debes estar haciendo bien.

—Espero haber correspondido la amabilidad del público.

—Fuiste demasiado amable; no te van a olvidar tan fácilmente.

—Lo dice como si fuera algo malo.

—No es eso. Ellos pensaban que los rudos se comportaban como tales en todo momento; te aseguro que les diste una gran sorpresa.

Llegamos a la arena justo al inicio de la función. Como ya tenía el equipo puesto, no pude infiltrarme entre el público para disfrutar de las luchas, pero aproveché que ya no andaba a las carreras para leer un rato. Se sentía muy raro estar preparado con tanta anticipación. No dejaba de pensar que había olvidado algo. Pasadas un par de horas, tocaron a la puerta de los vestidores.

—Los de la semifinal, su turno.

Otra vez me tocaba luchar en un mano a mano. Estaba listo para hacer mi presentación en el cuadrilátero cuando el encargado de la puerta me detuvo:

—No, el jefe quiere que salga primero el técnico.

Y a mi lado apareció un tipo que me sacaba, por lo menos, quince centímetros y diez kilos. Quise saludarlo (el deportivismo ante todo) y él me dejó con la mano extendida.

—Ahora cualquier muerto de hambre cree que puede venir a enseñarme a luchar.

¿Muerto de hambre, yo? ¿Hambre? ¡Eso era lo que había olvidado! Con las prisas por el retraso del autobús y la firma de autógrafos, nunca pude comer, y las dos frutas que había tomado de la casa de huéspedes me las había acabado hacía más de seis horas. Lo peor fue que en ese momento me rugió una tripa; el mastodonte ese sólo rio.

—Respetable público, su atención, por favor. Ya vemos por el pasillo al técnico sensación: ¡el Búho!

"¿De dónde sacaron que semejante bestia puede ser un búho?", pensé, cuando me dieron la señal:

—Ahora sí, salga, joven.

—Y directo de la capital, con ustedes, el Enmascarado de Terciopelo, ¡el Conde Alexander!

Y pasó lo que nunca imaginé: el público me dio una ovación que a cualquiera le habría enchinado la piel. El Búho, molesto, agarró el micrófono.

—Con qué poco se conforman aquí. Apenas les traen a un flaco hambriento y ya creen que vino una estrella.

Eso era demasiado. Le arrebaté el micrófono al Búho y me le fui encima. No me importó la diferencia de peso y estatura; mis mañas pudieron más. El pobre no sabía por dónde le llovían tantos golpes. La gente estaba fascinada y aplaudía cada uno de mis lances. Patadas voladoras, segadoras, golpes de antebrazo, por no mencionar mis clásicas rudezas, además de un buen repertorio de llaves. Y en esta ocasión hice caso de los consejos de Vladimir: en lugar de extralimitarme, rendí a mi oponente con una fuerte llave en cuello y brazos. La lucha había sido pactada a dos caídas de tres, pero el pobre Búho no pudo ganarme ninguna. Cuando me alzaron el brazo y me proclamaron vencedor, los aficionados estallaron en júbilo y de inmediato me rodearon para felicitarme. Reconocí a varios de los que habían asistido a la firma de autógrafos. Por primera vez en mi carrera tuvieron que escoltarme, pero no para evitar que me lincharan, sino para que pudiera llegar a los vestidores y que continuara la función.

—Nunca había visto que quisieran tanto a un rudo —el promotor seguía sin dar crédito.

—Si no le molesta, hay algo que me gustaría pedirle, señor.

—No me digas que quieres más dinero del que acordé con tu jefe.

—No es eso. ¿Me manda al señor de las tortas, por favor? Muero de hambre.

6

✦ UN GALÁN DE LA RADIO ✦

—Prevenidos. Al aire en cinco, cuatro, tres, dos…

—Estamos de vuelta, amigos aficionados al deporte. Somos Donovan y Derek, y están escuchando *Sintonía deportiva*. No olviden que tenemos boletos para el encuentro de hoy entre los Rieleros y los Dorados; sólo mándennos un correo electrónico y los primeros diez mensajes que lleguen serán los ganadores. Y ahora vamos a cambiar de deporte. Ya hablamos de futbol, beisbol y basquetbol. Ahora es el turno del llamado arte de Gotch, el fascinante mundo del pancracio. La lucha libre. Y hoy nos visita, directo de la capital, un rudo que en los últimos meses ha causado sensación. Nos referimos nada más y nada menos que al despiadado, al sensacional Enmascarado de Terciopelo, el Conde Alexander. Conde, gracias por venir a nuestra cabina.

—Gracias a ustedes por invitarme. Es un gusto estar aquí.

—Conde, hace mucho que no veíamos a un rudo tan implacable como tú. ¿De dónde viene tanta maldad? ¿No te querían en tu casa de chiquito?

—Claro que sí. Tuve una infancia normal, hice travesuras como cualquier otro niño. Simplemente estoy retomando la verdadera lucha libre. A los nuevos aficionados ya se les olvidó que los rudos le ponemos sabor al caldo, y a eso vengo, a recordárselos.

—Y hablando de caldos, ¿ya probaste los de aquí afuera de la estación? El de mollejas no hace tanto daño.

—No le hagas caso a Derek, estimado Conde. A decir verdad, él ni come caldos. Sólo le gustan las pizzas.

—Bueno, no le vendría mal mejorar su alimentación. Ya sabes, Derek, es importante tener una dieta balanceada.

—¿Entendiste, Derek? Ponle atención al Enmascarado de Terciopelo.

—Y tú, Donovan, deberías atender las señas del productor, quien nos pide que entrevistemos a nuestro invitado. No puede ser que desperdiciemos el tiempo de una estrella como el Conde Alexander hablando de caldos y pizzas.

—Pero, Derek, fuiste tú el que sacó el tema.

—Porque nuestro invitado dijo que los rudos son los que le ponen sabor al caldo.

—¡Los rudos! ¡De eso estábamos hablando! Conde Alexander, estás de gira por varias ciudades de nuestro hermoso país. Cuéntanos algo de eso.

—Llevo tres semanas fuera de casa y sólo he tenido un par de días libres, pero no me quejo: la recepción que me han dado en las arenas donde me he presentado ha sido muy buena.

—Por lo que hemos leído en revistas y en algunas páginas web, has hecho sufrir a varios luchadores.

—No les he hecho nada que un buen rudo no les haría.

—¿Qué son para ti los rudos? ¿Es cierto que son la representación del mal a todas horas? ¿Eres muy rudo en casa?

—No se trata de ser rudo todo el tiempo. Sólo quiero demostrarle a la gente que soy un luchador de verdad y no uno de esos payasos que se la pasan brincoteando y que, cuando los pegas a la lona o los alejas de las cuerdas, no saben hacer nada.

—Entonces es cierto que fuera de las arenas eres un perfecto caballero.

—Soy un ser humano como cualquier otro. Usar una máscara no me hace mejor persona que los demás.

—Sabemos que esta es la primera gira de tu carrera. ¿Cómo te ha ido?

—No llevo la cuenta de victorias y derrotas, pero puedo presumirles que, aun cuando he perdido, no me han dominado. Varias de mis derrotas han sido por descalificación, y eso, para un rudo, es mejor que una victoria.

—Hoy es tu segunda presentación en esta ciudad. ¿Cómo te ha tratado la gente?

—Muy bien. Anoche tuvieron que escoltarme los guardias de seguridad, pero reconozco que fue mi culpa; se me pasó la mano con mi rival. Aunque también hubo aficionados que estaban de mi lado.

—¿Qué podemos esperar del Conde Alexander esta noche?

—Verdadera lucha libre. Cuando vean anunciado al Conde Alexander, tengan la certeza de que verán lucha en serio, al estilo clásico. Y, por supuesto, mucha rudeza.

—Vamos a hacer un pequeño juego, mi estimado Conde. Derek y yo te diremos una palabra y tú nos contestarás lo primero que te venga a la mente.

—De acuerdo.

—Ring.

—El lugar donde puedes triunfar e irte a los cuernos de la luna o ser derrotado y enviado al infierno.

—Máscara.

—Mi cara ante los aficionados. La que me transforma en cuanto me la pongo.

—Rudos.

—Los verdaderos hombres arriba del ring. No necesitamos aplausos. El abucheo es nuestra recompensa.

—Técnicos.

—Mis rivales, pero no los menosprecio. Cualquiera que se suba a un cuadrilátero es peligroso.

—Música.

—Arpa.

—¿Perdón?

—Indultar a mis contrarios.

—No, esa no era una palabra. Quiero decir: perdón, ¿por qué arpa?

—Es un instrumento musical, ¿no?

—Pero no muy adecuado para un rudo... ¿O nos vas a salir con que el temible Enmascarado de Terciopelo en realidad no es tan hombrecito como presume?

—No, mmhh, este... Pude haber dicho guitarra, batería. No sé por qué pensé en un arpa.

—Tenemos algunos mensajes de nuestro público: "Donovan y Derek, no se les olvide el encargo

de Leily". No, mamá, no te preocupes. Acabando la entrevista le pediremos al Conde un autógrafo para nuestra hermana.

—Jimena Diez pregunta: "¿Cómo se llama la canción que acaban de poner?".

—Jimena, creo que te equivocaste de estación.

—Mari Valdez pregunta si todavía hay boletos para el juego de los Rieleros. Sí, Mari, todavía tenemos. Manda tu correo para que te los ganes.

—Nos escribe Vladi2007: "Conde, creo que eres uno de los mejores rudos. ¿Qué tanto te han ayudado tus maestros para conseguirlo?".

—Ellos han sido fundamentales en mi carrera. Me dieron las bases para llegar a donde estoy ahora.

—Otro mensaje de Vladi2007: "¿Ya mejoraste tu salida de bandera o no la has practicado?".

—Todos los días trabajo para perfeccionar lo que hago en el ring y así ser el mejor luchador.

—Escribe Karla la Reina del Ring: "Conde, verte luchar es como asistir a un recital de poesía. ¿Nos declamarías unos versos?".

—Karla, no importa si soy rudo o técnico; soy un luchador. Y la próxima vez que luche, con gusto te dedicaré varias llaves en vez de versos.

—Mensaje de ¿Hay un Médico en la Sala?: "¿Cuándo regresa el Conde a la capital?".

—Tengo unas fechas más en esta gira, pero pronto volveré a casa.

—Mensaje de Otra Karla que También es Reina del Ring: "¿Cuándo fue la última vez que el Conde derramó una lágrima?".

—Hoy en la mañana. Me entró jabón en los ojos.

—El Pecas de Fuego pregunta: "¿Te dieron ganas de llorar cuando perdiste la lucha de campeonato contra el maravilloso Golden Fire?".

—Por supuesto que no. Golden Fire me ganó, pero a mí me quedó la satisfacción de que nominaron ese encuentro como la Mejor Lucha del Año.

—Karla la Emperatriz del Ring quiere saber cómo puede contactarte. ¿Cómo aparece el Conde en las redes?

—Karla, no tengo Facebook. Consulta las revistas de lucha; ahí se anuncian mis presentaciones.

—Maestra de Español 1979 pregunta: "Conde, ¿alguna vez has dejado plantada a una maestra?".

—No soy perfecto; puedo tener olvidos, como cualquiera.

—Súper Karla la Más Mala de Todos: "¿Lucharías contra mí, Conde, o me tienes miedo?".

—Karla, el único miedo que tengo es a dar una mala lucha y dejar insatisfecho al público que pagó un boleto para verme. A mis rivales no les temo, pero sí los respeto.

—Amigos aficionados, se nos terminó el tiempo. Vamos a un corte comercial y regresamos para despedir el programa. Conde Alexander, gracias por habernos visitado y mucha suerte esta noche.

7

★ AMIGOS@.COM ★

Qué pesado es salir de gira. Me pagaron bien, pero parte de mis ganancias se fue en pagar lavanderías (pequeño detalle que ni mis entrenadores ni yo tomamos en cuenta). Por suerte esa noche era la última. Mañana a esta hora estaré en casa; serán las doce horas de viaje más lentas de mi vida.

Estaba a punto de acostarme cuando el celular sonó. Mensaje de Vladimir:

> Ya descargué todas tus luchas de la gira. El lunes sin falta tendremos sesión para corregir tus errores.

> Señor, sí, señor.

> No te burles. Tienes que tomarte esto muy en serio.

> Me lo tomo en serio, pero no está de más relajarse de vez en cuando.

> Sólo porque vas mejorando.

Deberías oír lo que dicen los promotores. Muchos me quieren de vuelta.

Harías bien en quedarte con ellos. Estamos muy a gusto sin ti.

¡...!

Sigues sin saber cuándo es broma.

Sabía que era una broma. Lo que no sé es cómo decirte que acepté la invitación de Karla para entrenar con ella.

¡¿Aceptaste qué?! ¡¿Después de todo lo que he hecho por ti?! ¡Vas a echar tu carrera por la borda!

¿Así me pagas? He sido como un padre para ti y me cambias por esa...

Vladimir.

¡No me interrumpas!

Vladimir, tienes que aprender a reconocer cuando te hacen una broma.

¿Vladimir?

¿Vladimir? ¿Estás ahí?

★ ★ ★

Tres horas después:

> Otra bromita de ésas y yo me paso al equipo de entrenadores de Golden Fire.

> Vladimir, es la una de la mañana. ¿Por qué no estás dormido?

> Me despertaron los nuevos vecinos. Se les ocurrió hacer una fiesta para celebrar que se mudaron al edificio.

> ¿Ya me perdonaste?

> Si no chateo contigo, me voy a aburrir.

> Tomaré eso como un sí.

> ¿Cómo le hiciste para escuchar la entrevista de la semana pasada?

> ¿La estación llega hasta allá?

> La oímos por internet.

> Reconocí los mensajes de todos.

> ¿Hasta los de la endemoniada cancerbera?

Era difícil no identificarla.

Jejeje. Al menos le hubiera variado un poco a sus nicks.

¿Y qué me dices del de la lombriz voladora? Era más malo que sus llaves.

Hablando de llaves, no debes confiarte. Por lo que he visto en el gimnasio, Karla le puso una nueva rutina a Golden Fire. Si no seguimos entrenando, puede darte una sorpresita.

¿Otra? Con saber que es el Pecas es suficiente. ¿Qué más puede hacer?

Karla quiere que aprenda el estilo rudo, dizque para darte una paliza.

No podrá sorprenderme. Tengo muy buenos maestros que me ayudarán a estar listo.

No te burles, pero te extrañamos.

¿Por qué me voy a burlar? Al contrario, es bueno saber que mis amigos me extrañan.

¿Tú nos extrañas?

Sólo cuando no me regañan.

Tu tía dijo algo acerca de una maestra de arpa.

Tenemos que hablar de eso. De verdad quiero tomar esas clases, siento que…

No me des explicaciones. Si es lo que quieres, buscaremos cómo compaginar los horarios.

¿Compaginar?
¿Estuviste estudiando el diccionario?

No me subestimes. Siempre estoy buscando cómo mejorar.

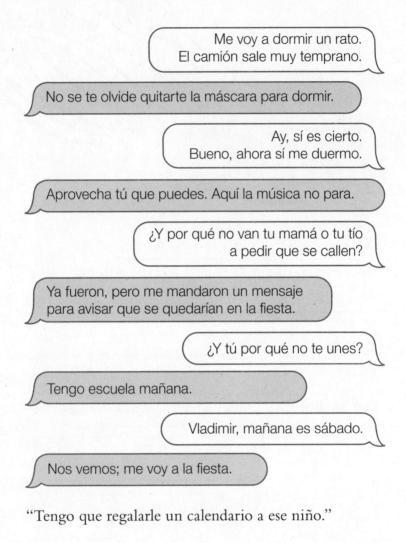

Me voy a dormir un rato.
El camión sale muy temprano.

No se te olvide quitarte la máscara para dormir.

Ay, sí es cierto.
Bueno, ahora sí me duermo.

Aprovecha tú que puedes. Aquí la música no para.

¿Y por qué no van tu mamá o tu tío
a pedir que se callen?

Ya fueron, pero me mandaron un mensaje
para avisar que se quedarían en la fiesta.

¿Y tú por qué no te unes?

Tengo escuela mañana.

Vladimir, mañana es sábado.

Nos vemos; me voy a la fiesta.

"Tengo que regalarle un calendario a ese niño."

✶ ✶ ✶

Ocho horas después:

Al fin se acabó la fiesta (bailé como nunca) y pude
dormir. ¿Ya vienes en camino?

68

Sí, yo creo que llego en unas seis horas. ¿Cómo están todos?

Mi tío sigue dormido. Dice que tal vez lo contagiaron de gripe y se metió a la cama. Mi mamá fue al cine con tu mamá.

Quién lo diría, nuestras familias están haciéndose amigas.

Les encanta hablar mal de nosotros cuando no estamos.

¿Cómo es posible? Pero mi mamá… y tu mamá…

Es broma.

Jejejeje.

Lo bueno es que tu mamá ya te deja que acompañes a tu tío al gimnasio y me entrenes.

No tuvo de otra. Desde que inundé la casa no me deja quedarme solo.

¡Jajajajajaja!

Todavía no creo que hayas hecho eso, Vladimir.

¡Fue un accidente!

* ✹ *

No, señorita editora, le digo que este capítulo es idea mía. Vladimir no tuvo nada que ver y no hay que pedirle permiso a él ni a su mamá para publicarlo.

8

✦ ENEMIGOS@.COM ✦

—Qué bueno que ya estás en casa. Acércate a la computadora. Aprovechemos que no hay nadie. Mira este video. Te va a indignar tanto como a mí.

—Vladimir, ni siquiera he desempacado. ¿No me vas a preguntar cómo me fue?

—Tienes que ponerte al corriente lo más pronto posible.

—*Titanes* presenta: "Golden Fire hace todo por sus aficionados".

—*¿Titanes?*

—Es una nueva página de lucha libre. Empezaron a publicar antier. No te distraigas con tonterías.

—Golden Fire, antes que nada, gracias por ser el padrino de esta página de lucha libre.

—Al contrario, soy yo el que está agradecido con ustedes por haberme tomado en cuenta.

—Cerraste el año de gran manera al obtener el campeonato de peso wélter, y ya lo has defendido varias veces.

—Sí, mira, mucha gente se sorprendió de que yo ganara el cinturón, pero ya les demostré que Golden Fire es de a de veras.

—Hacía mucho que no se veía un campeón como tú: cuatro defensas exitosas en menos de un mes.

—Ni el Gran Gibbs, ni Jungla García, ni la Garra, ni Millennial pudieron quitármelo. Ya lo dije una vez: este campeonato se quedará conmigo un buen rato.

—¿Cómo es posible que lleve tantas defensas del campeonato? ¿De qué me perdí?

—Calla y sigue viendo.

—¿Hay alguien contra quien te gustaría exponer el título?

—Pues, ahora que lo dices, hubiera querido darle una revancha a ese aterciopelado Conde Alexander. Lástima que salió huyendo después de que lo humillé.

—¿Humillarme, dice?

—No te distraigas.

—Perdón, Vladimir.

—Se dice que el Conde Alexander está de gira.

—Pretextos. Yo sé la verdadera razón. Ese conde-cito prefirió irse a luchar contra gente que no es de mi categoría, porque ya le demostré que, a la hora buena, no puede conmigo.

—La gente de la arena Tres Caídas nos informó que el Conde Alexander regresa a luchar ahí dentro de una semana.

—Lo dudo. Mira, Conde, tú y yo sabemos que no te atreves a dar la cara no sólo porque te acabé, sino por lo grosero que fuiste con tus aficionados.

—¿Que yo qué?

—Shhh, ahora viene lo peor.

—Tenemos entendido que el famosísimo Enmasca-rado de Terciopelo trató mal a una aficionada y tú saliste en su ayuda.

—Mira, a mí no me gusta andar con chismes.

—¿En serio no te gusta?

—Shhh. Pon atención.

—Mejor dejemos que sea la aficionada quien nos dé su versión. Saluda a la cámara, querida. Dinos tu nombre y qué te hizo ese grosero Conde Alexander.

—Esto no me gusta nada.

—Me llamo Karla y siempre me han gustado las luchas. El Conde Alexander era mi ídolo; yo quería tomarme una foto con él y tener su autógrafo. Un día, cuando terminó la función, lo esperé a la salida de la arena y él no sólo se negó a autografiar mi libreta, sino que la aventó a la calle. Y lo peor fue que pasaban muchos carros. Me dio muchísimo miedo que me atropellaran. Yo le pregunté al Conde que por qué me trataba así, y él sólo me miró y se rio muy fuerte.

—¿Será posible tanta maldad en un rudo?

—¿Y a ése quién le dijo que era periodista?

—De no ser por Golden Fire, quién sabe qué me hubiera pasado. Al salir de la arena, Golden me vio ahí, llorando en la banqueta, y no sólo arriesgó su vida cruzando la calle para recoger mi libreta; también me dio un autógrafo y hasta se tomó una foto con-migo.

—Me imagino que ahora Golden Fire es tu favorito.

—Es mi héroe. Gracias a él todavía me gustan las luchas. Nunca volveré a fijarme en otro.

—¿Ya lo oíste, Enmascarado de Terciopelo barato? ¿Y así querías ser campeón? Un luchador se debe a su público, y tú le rompiste el corazón a esta tierna e inocente niña. Eso no está bien. Si yo fuera tú, no me pararía nunca más ni en ésta ni en ninguna otra arena. Porque te aseguro que, sin importar dónde te presentes, ahí estaré para acabar contigo.

—Karla, ¿quieres decirle algo a Golden Fire o al Conde Alexander?

—Conde, me rompiste el corazón. Golden, tú lo reparaste y me hiciste creer de nuevo en la lucha.

—Pues ahí lo tienen, amigos aficionados. Quie-nes trabajamos en *Titanes* nos daremos a la tarea de buscar al Conde Alexander para que dé la cara y nos cuente su versión de los hechos.

★ ★ ★

—¿Cómo es posible? ¿Quién más ha visto esto?

—Todos los amigos de Facebook de Golden Fire. Lo ha posteado cada dos horas, desde ayer.

—Estoy acabado, Vladimir. Nadie me va a volver a apoyar o a contratar.

—No hagas dramas. Mejor pensemos bien cómo sacar provecho de esto.

—¿Se podrá?

—Déjamelo a mí. Pero tendremos que hacer una cosa.

—Lo que sea. ¿Nos vamos al gimnasio a entrenar?

—Me refiero a algo más drástico.

—No hablarás de…

—Me temo que sí.

—¿Es completamente indispensable?

—Sólo así podrás salvar tu reputación y vengarte de Golden Fire.

—¿No hay otra manera?

—Sabes que no.

—Ni modo. Haz lo que sea necesario.

—Primero tienes que pedírmelo.

—¿Es forzoso, Vladimir?

—Sabes que sí.

—Está bien. Vladimir… ¿Me…? ¡Aaargh, no puedo!

—Debes ser fuerte. Sabes que será bueno para tu carrera.

—Tienes razón.

—Entonces dilo.

—Vladimir, ¿me abrirías una página en Facebook?

—Ese es mi muchacho.

9

★ ¿POR QUÉ TARDASTE TANTO? ★

Por muy bien que me haya ido en la gira, lo mejor de todo fue el regreso a casa (si no tomamos en cuenta la difamación de la lombriz con panza y su demonio particular). Mi familia me recibió con una comida. Ahí estaban todos: mis padres, mi abuelo (y Tetsuya) y mi tía (quien asombrosamente decidió no pelear con mi padre ese día). También invitaron al Caballero Galáctico, a Vladimir y a su mamá.

—¿Ya fuiste al doctor para asegurarte de que no te contagiaron de nada?

—Profesor, me siento perfectamente.

—Estuviste expuesto a muchos cambios de temperatura.

—Parejita —intervino mi padre—, el muchacho es muy sano. Mírelo, está joven y fuerte, no como nosotros.

—Precisamente por eso debería checarse, parejita, para no acabar como nosotros.

—No creas —continuó mi padre— que no estuvimos pendientes de ti. Tu amigo —y señaló a Vladimir— nos mantuvo muy bien informados.

—Tal vez ahora —agregó mi tía— puedas retomar todas tus actividades.

—Primero debe ir con los promotores y arreglar sus nuevas fechas —dijo mi padre con rapidez.

—Yo me refería a… —quiso decir mi tía.

—Papá tiene razón. Debo reportarme para volver a tener trabajo en la ciudad. La gente puede olvidarme —me apresuré a interrumpir a mi tía.

—No te preocupes por eso —agregó Vladimir—; yo me encargaré de tu Facebook y te promoveré en otras redes para que la gente te tenga presente.

—Antes uno se hacía popular en las arenas, no en las computadoras.

—No te enojes, papá. No permitiré que baje mi nivel.

—Lo que no debes dejar es de entrenar. Aún te falta mucho por aprender.

—Sí, papá.

—Y hablando de aprender… —intervino mi tía.

—Tienes razón, tía —la atajé de inmediato—: el gimnasio es la base de todo buen luchador.

—Yo iba a preguntar si habías leído o escuchado algo bueno últimamente.

—Con permiso de señores.

"Gracias, Tetsuya."

—Mucha tensión en familia notar viejito y yo. Las penas con pan ser buenas, pero aquí ni tortillas servirnos. ¿Falta mucho para comer?

En eso apareció mi madre.

—Aquí no es restaurante ni yo soy su mesera. ¿Quieren comer? Ayuden a poner la mesa y a traer los guisados.

Y ni mi padre ni nadie se atrevió a rechistar.

* * *

Horas después.

—No sé por qué no le has hablado a la arpista. Ella quiere darte clases y tú quieres aprender.

—Primero tengo que arreglarme con los promotores, para organizar bien la agenda.

—No vayas a dejarla plantada… otra vez. Y ahora necesito pedirte un favor.

—Dime.

—¿Cuándo puedes ir a la escuela?

—¿A los ensayos para el recital?

—No quiero que vaya mi sobrino. Necesito al Conde Alexander.

—¿Cómo?

—A los chicos les vendría muy bien conocer a otro deportista para que vean que ejercitar el cuerpo no está peleado con ejercitar la mente.

—Me encantaría ir a hablar con ellos. De seguro se emocionarán cuando me vean llegar con la másca… ¿Otro deportista? ¿Quién fue a verlos?

—Otro luchador. Un tal Golden Fire. Y no nos cayó muy bien que digamos.

—¿Invitaste al pulgoso ese? ¿Cómo pudiste hacerme eso?

—Yo no invité a nadie; fue idea de la directora. Se portó muy presumido y sólo les hizo caso a los niños. Mis alumnas terminaron muy enojadas.

—No puedo creer que ese tramposo haya ido a la escuela.

—Lo peor fue que se quedó a ver el ensayo. Tuvimos que pedirle que se fuera, por sus carcajadas.

—¿Que hizo qué?

—Lo único bueno de su visita fue la niña que lo acompañó. Karla, creo que se llama. Me parece que es su hermanita. Qué chica tan agradable.

—¿Karla, dices?

—Deberías presentársela a tu amigo Vladimir. Seguro se llevarían muy bien.

—No sé si a Vladimir…

—De hecho, Karlita mencionó que tenía un amigo al que le gustaría ver nuestro recital.

—No me digas.

—Sí. Dijo algo como: "Mi amigo con alma de terciopelo sería muy feliz aquí".

—Me lo imagino.

—Simpática la muchacha. Y lista. "Alma de terciopelo", me gusta la metáfora.

—A mí me encantaría enseñarles algunas metáforas a Karla y a Golden Pecas.

—Fire, corazón. Golden Fire.

★ ✦ ✦

Al día siguiente, en el gimnasio.

—Así no es, muchacho. Un error como ése puede costarte una lucha.

—Perdón, profesor. Sigo cansado por tanto viaje en carretera.

—Pues más te vale reponerte rápido. Esa es la vida de un luchador.

—Oiga, ¿y lo que platicamos de mis clases de música?

—¿Ya hablaste a las arenas para que te vuelvan a dar trabajo?

—Estoy en eso.

—Tienes que aprender a organizarte, de lo contrario no vas a hacer bien ni una cosa ni la otra.

★ ✦ ✦

Esa misma noche, en la casa.

—Por cierto, hijo, te llegó este paquete.

—¿Quién me lo manda, mamá?

—No sé; estaba en la puerta cuando llegué del cine.

Pesa muy poco.

Ya en mi recámara, abrí el envío. Contenía un par de metros de terciopelo, acompañados de una tarjeta: "Como a los campeones nos pagan más que a los perdedores, quise regalarte algo de terciopelo para que puedas hacerte unas máscaras porque, cuando te vuelva a ver en un ring, te las voy a romper todas. Con cariño, Golden Fire. Posdata: Dice Karla que ella escogió la tela".

En eso se escuchó un grito proveniente de la sala; era mi papá.

—Mi vida, no te hubieras molestado. Estos pants nuevos están preciosos. Me quedan de maravilla.

—¿Cuáles pants nuevos?

Volví a leer la tarjeta de mi paquete: "Otra posdata: Yo escogí los pants".

10

✦ RUDEZA ES GRANDEZA ✦

Al día siguiente, después de entrenar en el gimnasio, me dirigí a la escuela. Se sentía rarísimo llegar con máscara y fingir que no conocía a nadie; tenía miedo de que los alumnos me reconocieran. Me recibió mi tía, muy sonriente.

—Gracias por aceptar nuestra invitación. Niños, den la bienvenida al Conde Alexander.

—¡Buenos días, señor don Conde!

Y comenzaron las protestas:

—Oiga, maestra, ya vino un luchador la otra vez. ¿No conocen otros deportistas?

—Sí, *miss,* los luchadores sólo les hacen caso a los niños.

—Niñas, no juzguen a una persona por lo que hizo alguien más. ¿Recuerdan lo que siempre les digo?

—¿Que no hablemos todos al mismo tiempo?

—¿Que no comamos en el salón de clases?

—¿Que nuestros papás tienen que firmar la boleta de calificaciones?

—No, niñas. Que no es bueno juzgar a la gente, y menos sin conocerla.

—Ah, eso.

—Dejemos que nuestro invitado se presente.

—Gracias, profesora.

Menos mal que no se me salió decirle *tía*.

—Como les explicó mi ti…, su maestra, soy luchador. El Conde Alexander.

Una niña de anteojos, pelo raro y voz aguda alzó la mano. Yo cometí el gran error de dejarla hablar:

—Oiga, ¿y tiene apellido?

—¿Cómo?

—Sí, se llama el Conde Alexander, pero ¿cuál es su apellido?

—Ninguno. En la lucha libre soy, simplemente, el Conde Alexander.

—¿Y en la vida real?

—No puedo revelarte mi nombre. Se perdería la magia... Como les decía, debuté hace unos meses y casi siempre lucho en la arena Tres Caídas, aunque también me han contratado en otros lugares.

La niña volvió a la carga:

—La otra vez vino a vernos un luchador de la arena Tres Caídas: Golden Fire.

—Lo conozco.

—¿Son amigos?

—No precisamente. Yo soy rudo y él es técnico. Por lo general lucho contra él.

—¿Y es mejor que él?

—Por supuesto.

—Porque él asegura que es el mejor de esa arena y de todas las demás del país.

—Bueno, él puede decir lo que quiera, pero...

—Y hasta nos presumió su campeonato. Dijo que se lo ganó a un bueno para nada que se llama el Conde Alexander.

—Ese soy yo.

—¿Y es un bueno para nada?

—¡Qué pregunta es esa! Hay que respetar a nuestro invitado —interrumpió mi tía.

—No se preocupe, maestra, les contestaré lo que quieran; a eso vine. No soy un bueno para nada: muchas revistas me calificaron como la revelación del año pasado.

—Pero Golden Fire lo venció.

—A veces se gana y a veces se pierde. Lo importante es siempre seguir adelante.

—Golden Fire dice que para ser un campeón nunca hay que salir del gimnasio.

—Bueno, es muy importante entrenar.

—¿Y entonces por qué vino a vernos? ¿Descansó hoy?

—Entrené más temprano. Y vine aquí porque su maestra me invitó; me pareció que era bueno conocerlos.

—¿Por qué?

—Porque así puedo hablarles de la importancia de llevar una vida sana, con una buena alimentación y ejercicio.

—¿Entonces no le gustan los postres?

—Yo no dije eso. Pueden comer de todo, pero con moderación.

—¿Y en el ejercicio usted es moderado?

—Hay que saber ejercitarse para no lastimarse. Se debe calentar primero.

—¿Y qué es lo que más le gusta ejercitar, señor Conde?

—Me gusta practicar llaves con mis maestros, pero también está padre ejercitar la cabeza.

—Oigan bien, niños.

Mi tía se escuchaba orgullosa. Sin embargo, cuando creí que la cosa mejoraría, la niña de lentes continuó preguntando:

—¿Ejercita la cabeza para que no le duela cuando le pega Golden Fire?

—Me refiero a lo que hay dentro de la cabeza. Me gusta leer, ir al cine, escuchar música. Todo eso es importante.

—Yo quiero ser luchadora, pero en mi casa dicen que es muy peligroso.

—Corazón, si ese es tu sueño, tienes que trabajar por él.

—¿Corazón? ¿Qué clase de cursi es? Yo creí que era un rudo de a de veras. ¿O me va a salir con que no es tan valiente?

—Por supuesto que soy valiente. No tengo miedo de…

—Un momento —intervino mi tía. Y dirigiéndose a la niña—: No recuerdo haberte visto antes.

—Oiga, maestra, ¿ella está en este salón? Yo ni la había visto.

—Sí, ¿dónde quedaron los buenos modales?

—No hay ningún nombre nuevo en las listas —mi tía seguía intrigada—. ¿Cómo te llamas?

—Kar… laaaa… naaaaa… ¡Ana!, me llamo Ana —dijo la niña, y terminó la frase con un tono de voz más grave.

¡Esa voz! Pero Karla no usaba lentes ni tenía ese color de cabello.

—Voy por la directora…

Y antes de que pudiéramos hacer nada, la niña se echó a correr. Afuera del salón encontramos una peluca y unos anteojos.

—A lo mejor le pareció muy cara la colegiatura —comentó uno de los niños.

Después de ese incidente retomamos la plática. Les describí mis rutinas de ejercicio y hasta les enseñé cómo pararse en el ring para verse elegantes y fieros a la vez. Estábamos tan concentrados que no nos dimos cuenta cuando sonó la campana de la salida. Se abrió la puerta del salón y apareció la arpista. Me quedé congelado, pero ella no me reconoció.

—Disculpe, maestra, creí que habían terminado.

—Pasa, pasa. Nuestro invitado nos estaba contando de sus entrenamientos.

—Descuiden, ya me iba —agregué de inmediato.

Una de las niñas, sin embargo, dijo lo que nunca pensé:

—¿No quiere quedarse a ver el ensayo de nuestro recital?

La arpista no parecía muy convencida.

—¿Están seguros, niños? Acuérdense de cómo se portó el joven la otra vez.

—No, señorita, él no es Golden Fire; este sí es buena onda. Ni parece rudo.

—Perdón, ¿me confundió con Golden Fire? —le pregunté a la arpista.

—No se ofenda, joven —repuso—. Es que todos ustedes son iguales, con su pose de rudos e invencibles.

—Déjelo quedarse, señorita —intercedió otro niño por mí.

—Me encantaría escucharlos. Sin duda lo hacen muy bien.

—No sé —respondió la arpista—. No me siento cómoda con extraños. Antes venía el sobrino de la maestra y me costó trabajo acostumbrarme a verlo por aquí.

—¿Acostumbrarse nada más?

—Bueno, ahora me cae más o menos bien.

—¿Más o menos?

—Le ofrecí darle clases de arpa gratis y no me ha llamado.

—De seguro el pobre muchacho está muy ocupado.

—No lo defienda. Todos son iguales.

Finalmente, mi tía se apiadó de mí:

—Señor Conde, si desea quedarse, es bienvenido. Sólo siéntese en una esquina y no distraiga a los niños, por favor.

Y esa tarde los alumnos ofrecieron el que, sin duda, fue su mejor ensayo.

Me urge que pasen los cuatro meses que faltan para el recital.

11

★ NO HAY LUGAR COMO EL HOGAR ★

Tuve mucho éxito en la gira; el público se portó de maravilla. Habría hecho otro viaje así cuantas veces me contrataran (chamba es chamba), pero regresar a la arena Tres Caídas fue algo muy especial. Faltaban dos cuadras para llegar y ya había aficionados esperándome.

—Conde, ¿me das tu autógrafo?

—Claro, ¿para quién?

—Para Wagner Pimenta, por favor.

Había una cola muy larga en la taquilla. Entré a la arena y firmé la lista de asistencia. Los empleados de seguridad y los de la dulcería me saludaron efusivamente.

—Nos tenía muy abandonados, joven.

—Para nada. Estaba representando dignamente a la arena en otras plazas.

—Ya nos contó el patrón que le fue muy bien.

—A quienes les va a ir muy bien es a ustedes. Hacía mucho que no veía una fila tan grande. ¿Quién se va a presentar?

—No sea modesto, joven. Vienen por usted.

—¡…!

Y me dieron uno de los programas. Ahí se anunciaba, en letras grandes, la reaparición del Enmascarado de Terciopelo, el Conde Alexander, contra Coloso Villedas. Tomé varios programas y los guardé en mi maleta; irían directo a mi álbum de recuerdos.

Entré al vestidor de los rudos. Vacío, para variar. Es la ventaja de ser puntual: siempre encuentro lugar para cambiarme y no tengo que andar a las carreras. Hasta me dio tiempo de leer un rato. Media hora después comenzaron a llegar mis compañeros, quienes me bombardearon con preguntas:

—¿Y fuiste en camión a todas esas ciudades?

—¿Te alojaste en esa casa de huéspedes en el norte?

—¿A ti también te dejaron fuera de la recámara por apalear a Romeo el Galante?

Después del interrogatorio hice un poco de calentamiento: no quería lastimarme ni defraudar a la gente en mi regreso a la arena. Cuando fue mi turno de luchar, subí las escaleras y esperé paciente a que el anunciador me presentara para salir hacia el cuadrilátero.

—Y haciendo su reaparición después de una triunfal gira por el interior de la República, con ustedes, por el bando rudo, el Enmascarado de Terciopelo…, ¡el Conde Alexander!

La ovación que me tributó la gente fue increíble. Bueno, no todos me aplaudieron: los que le van a los técnicos se dieron gusto abucheándome, pero, lejos de entristecerme, recordé lo que mi padre y el Caballero Galáctico me han repetido hasta el cansancio: "El día que no provoques ninguna reacción en el público, retírate".

—Por encontrarse lesionado, Coloso Villedas no se presentará esta noche. En su lugar tendremos, por el bando técnico, al campeón de peso wélter: ¡Golden Fire!

"¿Otra vez la lagartija saltarina?"

Y sonó el silbatazo que indicaba el inicio de la primera caída.

★ ✱ ✻

—Amigos aficionados, estamos de regreso en *Gladiatores Radio y Video* para llevarles la lucha estelar. Se trata de la reaparición del temible Enmascarado de Terciopelo, el Conde Alexander, al recinto que lo vio nacer: la arena Tres Caídas. Debemos informarles que hubo un pequeño cambio en el programa: Coloso Villedas no se presentó a causa de una lesión, y en su lugar tenemos al sensacional Golden Fire.

—Si me pide mi opinión, señor Alvin, eso de que Coloso Villedas está lesionado me suena a pretexto para no enfrentarse al Conde Alexander.

—Señor Landrú, no sea usted malpensado. ¿Ya se le olvidó que Coloso Villedas se rompió la mano hace unos días? Si usted mismo publicó el reportaje y hasta reprodujo las radiografías.

—Usted, en cambio, debe estar fascinado porque lo reemplazará su admirado Golden Fire.

—No entiendo por qué se empeña en adjudicarme preferencias que nunca he manifestado. Yo, como periodista, locutor y aficionado a la lucha libre, respeto a cualquiera que se suba a un ring...

—Señor Alvin...

—No me va a negar que en cada uno de mis reportajes y en cada una de mis crónicas ha imperado la objetividad.

—Señor Alvin...

—Ninguna de mis entrevistas se ha visto manchada por el favoritismo hacia nadie. Nuestro editor Lázaro no me lo permitiría...

—Señor Alvin...

—Y si a veces me he atrevido a pedirles sus máscaras a ciertos luchadores es porque los respeto y las colecciono en señal de admiración. Y sépase que nunca he permitido que me las regalen; siempre he pagado por ellas.

—Señor Alvin, permítame hablar.

—¿Y cómo quiere que lo deje hablar, si se la pasa interrumpiéndome, señor Landrú?

—¿Y cómo no lo voy a interrumpir, si ya está por empezar la tercera caída?

—¿Cómo? ¿Y las primeras dos?

—Es lo que estoy tratando de decirles a usted y a nuestro auditorio. No duraron ni un suspiro. En cuanto sonó el silbatazo, Golden Fire conectó patadas voladoras sobre el Conde Alexander y lo envió fuera del ring; enseguida se le lanzó en un tope suicida, pero fue tal el impulso que se pasó y terminó entre las butacas de la tercera fila. El réferi contó los veinte segundos y el técnico no pudo regresar.

—¿Y la segunda caída?

—Pues yo creo que al Enmascarado de Tercio-pelo no se le ha pasado el coraje de haber perdi-do la lucha por el campeonato de peso wélter con Golden Fire, porque quiso romperle la máscara y terminó arrancándosela, y al réferi no le quedó más que descalificarlo. Golden se fue corriendo a los vestidores por otra capucha.

—Y justo ahora lo vemos regresar al encordado, donde el Enmascarado lo recibe con un raquetazo que se escucha hasta nuestra cabina de transmi-siones. Ahora el rudo manda al campeón al jue-go de cuerdas y le propina un golpe de antebrazo. Golden cae de espaldas sobre la lona. El Conde lo toma de los brazos y le aplica unos duros tirantes.

—Parece que al Conde Alexander le sentó bien esa gira, porque viene con ánimos renovados.

—Me atrevo a decir que llega incluso con más rudeza. Mire nada más cómo trae al pobrecito Golden Fire. Ya le rompió esta máscara también y, no conforme con eso, acaba de asestarle tremendo golpe en la cabeza. Al campeón le cuesta trabajo mantenerse en pie. Esto lo aprovecha el Conde Alexander, quien con unas tijeras lo manda a la lona. Golden trata de incorporarse, pero el rudo aterciopelado no le da espacio para nada.

—El Conde está disfrutando de su exceso de rudeza, pero parece que ya quiere terminar la batalla; ahora le aplica una media tapatía a Golden Fire.

—Un momento, señores. El peso de Golden Fire es demasiado para el Enmascarado de Terciopelo. Vemos al Conde sufrir para mantener en lo alto a Golden Fire... Por más que se esfuerza, ambos luchadores caen de espaldas sobre la lona. El réferi cuenta... Una..., dos..., ¡tres palmadas! Ninguno de los dos consiguió separar los hombros de la lona.

—Esto es inaudito. La lucha terminó en empate. El réferi trata de alzar el brazo de ambos contendientes para reafirmar el resultado, pero ninguno está dispuesto a aceptarlo.

—Pues que hagan todo el berrinche que quieran, pero empate dado, ni Dios lo quita.

—Yo les aseguro, amigos aficionados, que esta rivalidad todavía tiene mucho que darnos.

—El público está tan apasionado que los de seguridad tienen que llevarse a una niña que quiso meterse al ring con todo y silla.

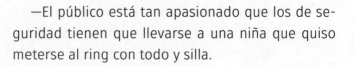

✶✶✶

No fue el mejor de los resultados, pero al menos le di una paliza a mi rival y no perdí. Ya en la tranquilidad de los vestidores, revisé mi celular; estaba seguro de que Vladimir había visto la transmisión de *Gladiatores* y ya me había escrito para regañarme. En lugar de eso, había un mensaje que no me esperaba: "Si de verdad quieres que te dé clases de arpa, te veo mañana a mediodía".

12

✦ EN MIS TIEMPOS TODO ERA MÁS DIFÍCIL ✦

—No engarrotes la muñeca. Suave, dóblala con deli-
cadeza.

—¡Argh! ¡No me sale!

—Nada es fácil a la primera. De lo contrario, cualquiera podría hacerlo. Flexiona un poco más el codo.
Y mantén la cabeza en alto. La mirada al frente.

—No pensé que tocar el arpa fuera tan complicado.
Ya no aguanto los brazos.

—Es tu primera clase y apenas llevas cinco minutos.

—Se sienten como dos horas.

—Todo es cuestión de constancia. Si practicas diario,
poco a poco lo dominarás.

—Lo mismo me dicen mis entrenadores, aunque con
otras palabras.

—¿Entrenadores? ¿Eres deportista?

—No… Digo, no profesionalmente. Hago ejercicio
para estar en forma.

—Supongo que apenas empezaste. Pero no te preocupes: ya se te notarán los músculos.

¿Qué demonios se creía esta arpista? Primero me confundió con la peca asesina, luego nomás "se acostumbró" a mí, después "más o menos" le caí bien y ahora me salía con esto.

Habituarme a la nueva rutina fue complicado. Todos los días debía levantarme muy temprano para ir a correr. Mi mamá aprovechaba esas salidas mañaneras y me hacía varios encargos (supermercados, bancos) con el fin de tener más tiempo para ver las películas que luego reseñaba. A mí eso me servía de pretexto con mi papá, que comenzaba a sospechar que ya no iba tanto tiempo al gimnasio. Cambiamos las sesiones con Vladimir para cada tercer día, y cuando no nos veíamos, mientras mi petit máster actualizaba el Facebook oficial del Conde Alexander, yo asistía a las clases de arpa. Reservaba las noches para los entrenamientos y mis exitosas presentaciones en las diversas arenas de la ciudad.

Semanas después, cuando ya era capaz de tocar varios acordes con cierto ritmo, a mi maestra de arpa le dio un fuerte resfriado y no pudo ir a la escuela para el ensayo.

—Yo la sustituyo, tía, para que los chicos no pierdan el día.

—¿Estás seguro? ¿No tienes que entrenar?

—Puedo llegar tarde.

—¿Seguro?

—Tengo la noche libre; entrenaré más tarde.

Llegamos al auditorio de la escuela. Me senté frente al arpa (¿a poco creen que la chica se la lleva a su casa todos los días? Si no tiene auto…) y comencé a tocar unos acordes para aflojar los dedos. Todos voltearon a verme; algunos hasta dejaron caer sus libretos de la impresión. Por un momento temí haber ido enmascarado a la escuela sin darme cuenta.

—Niños, no pongan esas caras, que nadie está matando pájaros. Es mi sobrino; él nos ayudará hoy. Ya saben qué hacer. Déjense llevar por el ritmo de la música a la hora de sus recitaciones.

"De modo que ese es su secreto. Tiene lógica. Por eso es perfecto el complemento del arpa. Por eso los versos adquieren nuevo sentido. Por eso…"

—¿Me escuchaste?

—¿Perdón, tía?

—Estamos listos. Marca el ritmo.

Y empezó el ensayo.

Quisiera decirles que todo fue muy fácil, pero esto no es una película ni una de esas novelas cursis en las que de repente, y sin avisar, uno descubre que tiene un gran talento oculto. La verdad es que me costó trabajo encontrar el compás adecuado. Los niños hicieron su mejor esfuerzo para seguir el ritmo que yo marcaba. Al principio iba muy lento, y los muchachos tardaron diez minutos en un poema que sólo tenía dos estrofas de cuatro versos cada una.

—Más rápido. Se trata de conmover a la gente, no de dormirla —me señaló mi tía.

Para los siguientes dos poemas toqué…, ¿cómo decirlo?, ¿con un ritmo más vigoroso?, ¿con mayor frenesí? (Vladimir, deja de espiar a Karla y a Golden Fire, y ayúdame a encontrar la expresión adecuada.) Aumenté la velocidad, pero creo que exageré porque los pobres niños, en lugar de declamar, terminaron cantando a ritmo de rap. Después probé con algo más simple: un ritmo sencillo, parecido a un "chun, ta, ta; chun, ta, ta", y los versos sonaron a canción ranchera.

Al término del ensayo, los chicos se despidieron de mí con una mezcla de alegría y agotamiento.

—Nunca nos habíamos divertido tanto. Deberías ayudarnos más seguido.

Mi tía sólo atinaba a decir:

—Ojalá que el doctor cure pronto a mi arpista.

Y sí, la chica se alivió de su resfriado con rapidez. Justo a tiempo para irse a una gira por el sur del país con su grupo del conservatorio.

—Yo puedo seguir apoyándote, tía.

"TEMÍA QUE FUERAS A DECIR ESO."

—Temía que dijeras eso —comentaron, en momentos distintos, mi tía, Vladimir y el Caballero Galáctico.

✦ ✦ ✦

"¿El Conde Alexander será campeón pronto?" "¿Se acerca el final del reinado de Golden Fire?" Eran algunos de los encabezados que se leían en las revistas. Desde mi regreso de la gira, y gracias a que luché contra Golden Chapulín en lugar de Coloso Villedas, se reavivó el interés de la gente por nuestra rivalidad. Y no es que sea presumido, pero juraría que yo tenía más seguidores que el Saltarín Fire.

De ninguna manera había descuidado mi oficio de luchador. Sí, las desmañanadas me tenían algo cansado, pero la adrenalina a la hora de subir al ring hacía que me entregara al máximo.

Claro, no todo era fácil. En casa, mi papá se la pasaba refunfuñando:

—Te crees que ya llegaste a la cúspide. Estás desatendiendo tu carrera. Aún no has ganado nada y ya te das el lujo de no entrenar a diario.

—Papá, es que…

—Nada. Si entrenando a diario no conseguiste ganar el campeonato, ahora que pierdes el tiempo en las tardes, menos podrás arrebatarle el cinturón a Golden Fire.

—Pero…

—Nada de peros. Piensas que por ser joven te convertirás en una estrella en menos de un mes. En mis tiempos había que pasar años entrenando, tocando puertas en las

107

oficinas de los promotores y, sobre todo, partiéndose el alma en las dos primeras luchas antes de que lo consideraran a uno para una tercera, y ni hablemos de una semifinal.

—Entiendo.

—No lo parece. Escucha a alguien que ya vivió todo eso. Y si no me crees, habla con tu abuelo. Él te dirá lo difícil que era que una revista nos hiciera caso.

Y fue mayor su coraje cuando, una semana después, llegué a casa con un arpa (alquilada, no crean que ya gano suficiente dinero para comprar una) para practicar en mis ratos libres y no volver a hacer el ridículo.

—Y encima un arpa —seguía quejándose mi padre—. Todavía se hubiera decidido por una guitarra. Ocupan menos espacio.

—Al menos lo hace por una causa noble —intervino mi madre.

—¿Tú qué vas a saber?

—Si platicaras con mi hermana, sabrías que ni siquiera lo hace por él; está yendo a la escuela para ayudar en los ensayos, a fin de que los niños no se atrasen en su recital. Debería alegrarte que tu hijo piense en los demás.

Por primera vez en mucho tiempo, mi padre no le dijo nada a mi madre. Yo no salía de mi asombro; nunca la había visto tan firme en una discusión.

Para no molestar a nadie en el edificio, me salía al balcón a ensayar. Hacía mucho frío, pero no me importaba. "Es por una causa noble", me repetía. Lo único que me extrañaba era que los pájaros ya no se posaban en nuestra terraza, a pesar de que seguíamos dejándoles alpiste.

13

★ MI REINO POR UN LIKE O UN SHARE, ★ LO QUE SEA SU VOLUNTAD

—Mira, esta publicación la marcamos para que siempre sea lo primero que vea la gente cuando entre a tu página.

"Bienvenidos a la página de Facebook del Conde Alexander, el Enmascarado de Terciopelo. Aquí podrán informarse de mis próximas presentaciones y ver fotografías y reseñas de mis luchas. Cualquier comentario es bienvenido, siempre y cuando lo hagan con respeto."

—Oye, Vladimir, ¿no es muy formal el anuncio?

—El Conde Alexander será rudo, pero es elegante. Tú mismo lo has dicho. Debes mantener el personaje en tu Facebook.

—¿Y sí viene la gente aquí?

—Ya tienes mil seguidores.

—¿Eso es bueno?

—No son tantos como los de Golden Fire, pero tenemos poco con la página. Dame tiempo y verás que pronto lo rebasamos. Pero tú debes poner de tu parte y acabarlo.

—¿Acabarlo? No seas exagerado, Vladimir; es lucha libre, deporte, no una guerra.

—¿A tu papá le gustaron sus pants nuevos?

—Tienes razón: hay que acabar con él.

Creo que no les he contado: los pants que Golden y Karla le mandaron a mi papá parecían un buen detalle, pero resultaron ser de muy mala calidad. Ese fin de semana salimos a comer a un mercado que está a unas calles de la casa, y apenas se sentó mi papá, se rompieron exactamente por la mitad. El pobre no pudo ni moverse y yo tuve que ir corriendo por una muda de ropa. Y, si se lo están preguntando, confieso que sí llevé el terciopelo con mi mascarero, pero no pudo hacer mucho con él. La tela estaba apolillada. Finísimas personas resultaron ser Golden y Atila…, digo, Karla.

—¿Y los comentarios de la gente? —pregunté a Vladimir.

—Te tienes que ir más abajo en la pantalla. Mira, aquí aparecen, debajo de cada foto.

Qué buena lucha la de anoche, Conde. Hace mucho que no veía a alguien como tú en un ring.

👍 A 824 personas les gusta esto   1 comentario

👍 **Me gusta**   💬 Comentar   ➡ Compartir

Gracias por tus comentarios. Es bueno saber que aún hay gente que valora la verdadera lucha libre.

Salvaje, no tenías por qué hacerle eso al pobrecito Jungla García.

😆 A 100 personas les divierte esto   1 comentario

👍 **Me gusta**   💬 Comentar   ➡ Compartir

En el ring no hay enemigo pequeño. Era él o yo.

¿Cuándo regresas a poner en su sitio a Romeo el Galante?

😠 A Romeo el Galante le enoja esto   😆 A 68 personas les gusta esto

👍 Me gusta   💬 Comentar   ➡ Compartir

En cuanto me llamen los promotores, con gusto le recuerdo al Galante el poder de mi terciopelo.

Conde, somos los Güeros. Le regalamos un cuadro ahora que visitó nuestra ciudad. Esperamos que aún lo conserve.

👍 A 300 personas les gusta esto   1 comentario

👍 **Me gusta**   💬 Comentar   ➡ Compartir

Por supuesto que sí, con él inauguré mi sala de trofeos.

¿Cuándo viene a la tienda de Solar a firmar autógrafos?

👍 A 555 personas les gusta esto   100 veces compartido

👍 **Me gusta**   💬 Comentar   ↗ Compartir

> Cuando el profesor Solar me invite, sin duda estaré ahí.

—A ver, a ver, Vladimir, ¿qué es esto de que me gusta Golden Fire? Al rato va a querer que seamos amigos en Facebook.

—Tienes que seguir su página para enterarte de los retos que te manda.

—Pero si siempre me los enseñas.

—Me refiero al Conde. Golden Fire se la pasa diciendo que eres un cobarde porque nunca le contestas. Eso se acabó.

—No sé si sea buena idea.

—Hasta ahorita le has ganado todas las discusiones.

Reconozco, terciopelito mío, que tus máscaras no son tan malas. Son buenísimas para limpiar el polvo de mis muebles.

👍 A Karla Domadora de Leyendas y a 4,278 personas más les gusta esto

👍 Me gusta   💬 Comentar   ↗ Compartir

> ¿Así que ahí está mi máscara? No es de buena educación esculcar maletas ajenas. Si quieres, tráemela para que te la autografíe. Ya sabes dónde encontrarme.

Lo prometí y cumplí. Soy el nuevo campeón de peso wélter. Soy mucha pieza para el Conde Alexander.

👍 A Karla Domadora de Leyendas y a 5,000 personas más les gusta esto

👍 Me gusta   💬 Comentar   ↪ Compartir

Casi todos sabemos ganar, pero pocos sabemos perder. Reconozco tu victoria y espero que me des la revancha.

¡Sorpresa! El famosísimo Enmascarado de Terciopelo barato está en Facebook. ¿No que no te gustaba meterte a las redes porque estabas muy ocupado entrenando?

Pues aunque ahora esté en Facebook, te seguiré poniendo las mismas palizas de siempre.

El Conde Alexander me tiene miedo. Dijo que estaba de gira, pero en realidad no viene a la arena Tres Caídas para evitar ser humillado.

👍

👍 Me gusta   💬 Comentar   ↪ Compartir

Mi querida lombriz voladora, no es mi culpa que nadie contrate a un frijol saltarín caduco. Revisa tu inbox; te mandé fotos de las ciudades donde estuve trabajando, para que sepas lo bonito que es nuestro país.

—¿Qué es eso de ataque troyano detectado?

—No te preocupes. Es un virus que mandó Karla para espiarte.

—¿Cómo no me voy a preocupar? Mi mamá trabaja en esta computadora.

—¿Con quién crees que estás hablando? Nada más hago clic en este programa, y listo. Ataque neutralizado.

—Mira, alguien acaba de publicar un comentario en mi foto.

—Karla Domadora de Leyendas dice: "¿Siempre traes la máscara puesta porque estás tan feo como tu hermanito Vladi?". ¿Feo yo? ¿Feo yo? ¿Qué le pasa a esa niña? ¿Aparte de salvaje es ciega?

—Yo creo que quiso decir justamente lo contrario.

—¿Es que no sabes leer? Ahí dice bien clarito: "Feo como tu hermanito Vladi".

"Ay, este niño a veces no entiende nada."

—¡Quita esa sonrisota y ayúdame a contestarle a Karla!

14

★ LOS ACORDES DE MI PERDICIÓN ★

Los que vieron mi lucha de ayer en la arena Tres Caídas, por favor no vayan a regañarme. Ya lo hicieron mis compañeros, mi padre y la señora de las quesadillas (bueno, ella porque estornudé sobre sus guisados). Déjenme explicarles qué pasó.

Ustedes me conocen y saben que trato de ser disciplinado. Aun así, últimamente me está costando mucho trabajo levantarme temprano para ir a correr. Las desveladas nunca son buenas, pero en el caso de los luchadores son algo cotidiano, pues casi todas las funciones se programan en la noche, así que llegamos a casa de madrugada, y con el tiempo el cuerpo lo resiente. Como no puedo dejar los ensayos de la escuela, he sacrificado un poco los entrenamientos. Hasta antier, eso no me había afectado, pero ayer en la noche me tocó luchar contra un muchacho que se hace llamar la Boa, y la verdad es que me puso a sudar en serio. ¿Se acuerdan de Speedy González? (Los espero mientras ven una caricatura suya en YouTube.) Bueno, pues el chavo es casi tan rápido como él. Algunos aficionados un poco mayores dijeron que no habían visto a nadie tan ágil y veloz desde los tiempos de Black Man, y a otros más jóvenes les recordaba a Turbo.

—El chico es bueno, pero no tenía nada fuera de lo común. ¿Cómo pudo ganarte? —me preguntó Espadachín al final de la función.

—Me quedé sin aire en la tercera caída.

—Pero no le aguantaste ni quince minutos. ¿Qué pasó con ese rudazo que dio la lucha del año?

—Me agarró cansado. No he tenido tiempo de entrenar bien.

—Pues deberías regresar al gimnasio. Si no, te vas para abajo. Aquí la gente no perdona.

—Fue sólo una mala lucha.

—Eso basta para desilusionar a algunos.

Me reuní con mi papá a la salida de la arena; traía cara de pocos amigos. Aprovechó que no habían venido ni mi madre ni mi tía, para regañarme.

—¿Y así querías que te diera mi nombre? Habrías echado a perder mi legado.

—Papá…

—Te lo dije: no porque hayas tenido un buen inicio puedes sentirte una estrella. Eres igual que todos los jóvenes.

—Papá…

—Y si sigues con tu arpita sólo conseguirás que no vuelvan a contratarte en ninguna arena.

—Papá…

—¡¿Qué quieres?!

—Estás tratando de abrir el coche equivocado.

Durante todo el viaje a casa, mi padre no dejó de funfuñar.

—Una causa noble, mis narices… Arpas a mí… no es de hombres… Una vergüenza para los rudos.

Bendito sea el policía que lo detuvo por pasarse altos seguidos; al menos le dio un motivo distinto quejarse.

Ya en casa, ni siquiera tuve ganas de cenar. Me directo a la recámara. "Y todavía falta la sesión Vladimir", pensé, temeroso, antes de quedarme mido.

★ ✦ ✦

—¿Te vas sin desayunar, hijo?

—Sólo voy a correr un poco. Estoy fuera de form

—¿Tienes lucha hoy?

—No, mamá. En la tarde me voy con mi tía pa ensayo. Si me da tiempo, iré al gimnasio en la noch

—Ah, sí, el ensayo… —y murmuró—: Pobre her na, la veo más canosa.

—¿Cómo dices?

—Que la película de ayer estuvo muy sosa. Divi te, hijo. A propósito, me dijo tu tía que la arpista re la próxima semana…, para suerte de todos.

—¿Perdón?

—Que no entiendo por qué los pajaritos ya no v nuestro balcón y prefieren quedarse en ese toldo.

—Sí, tiene rato que no vienen.

Y, otra vez, mi mamá susurró:

—Desde que llegó esa arpa del demo… —y en voz más fuerte—: Cuídate, hijo. Y calienta bien antes de correr; no vayas a lastimarte.

✶ ✶ ✶

Los ensayos no van tan mal. Los chicos tienen muy bien aprendidos los poemas y más o menos se han adaptado al ritmo que les marco. Ya no rapean los versos y tampoco sonamos como canción ranchera; creo que vamos de gane. Lo que nos detiene es que a casi todos les gana la risa en algún momento del ensayo. (Excepto a mi tía, quien se la pasa murmurando, pero no alcanzo a oír lo que dice porque estoy muy concentrado con el arpa.) Y no entiendo por qué al perro del conserje de la escuela le ha dado por ladrarme cada vez que me ve tocando.

—Ya falta menos, ya falta menos —se la pasa diciendo mi tía.

Seguramente a ella también le urge que ya sea el recital. Será conmovedor. Me pregunto si me propondrán hacer un dueto con la arpista ese día.

Qué mala suerte que se activó la alarma contra incendios y tuvimos que salir corriendo de la escuela. Menos mal que se trató de una falsa alarma. Mi tía era la más aliviada (se la pasó diciendo: "Gracias, Dios mío; gracias, Dios mío" desde que sonó la bocina hasta que se apagó). Como todos quedamos algo nerviosos, mi tía dio por terminado el ensayo. Lo bueno fue que ahora tenía un par de horas libres, así que me fui al gimnasio.

Esperaba ver al Caballero Galáctico o a Vladimir, pero ninguno de los dos estaba ahí en ese momento. A quienes sí encontré fue a Golden Fire (¡argh!) y a Chucky (Karlita, pues; ¡doble argh!). Mi petit máster ya me había advertido que Karla le estaba enseñando algunas rudezas al Golden Gusarapo, y estoy acostumbrado a que la niña le ponga unas arrastradas fenomenales a su discípulo, pero hasta yo creo que esta vez se le estaba pasando la mano.

—¡Así es como se rompe una máscara!

—¡No, espera, Karlaaaaaa! ¡No traigo otraaaaaa! ¡Mi cabezaaaaaaa!

Para suerte de Golden, su demonio particular lo dejó por la paz en cuanto me vieron entrar.

—¡No lo puedo creer! —exclamó Golden—. La famosísima lagrimita de terciopelo se digna venir al gimnasio. ¿Qué motiva al Conde a venir por aquí?

—¿No que no andarías divulgando quién soy, señor don máscara chueca?

—No dije QUIÉN eres; sólo QUÉ eres.

Karla intervino:

—¿Tu maestrito no vino? ¿Vas a llorar de tristeza porque te dejaron solito? ¿O prefieres que yo te entrene para que sepas cómo lo hace un luchador de verdad?

—No es necesario, doña Karla, primor, y permítame decirle que desde esta apartada orilla, donde las luces más brillan, con Vladimir yo entreno mejor.

—¿…?

—Míralo, Karla, ya va a empezar con sus frases raras.

—Que no, gracias; prefiero esperar a Vladimir.

—Conste que quise ayudarte.

—¿Para que también me rompas el cuello tratando de arrebatarme la máscara? No, gracias. Mis máscaras sí son caras.

—El chiste es ensayar con estas semiprofesionales; son un poco chafas y se rompen más rápido.

—¡Golden, no te di permiso de hablar!

—Perdón, Karla.

Y me fui, con una pequeña sonrisa, a la zona de las pesas. Veinte minutos después llegó Vladimir.

—Buenas tardes, jefe. Qué bueno que te veo. Ya calenté; estoy listo para subir al ring.

Por desgracia, Karla y Golden Fire seguían ahí.

—Superniño, me alegra que tu mamá te haya dejado salir. Pero ¿no te dijo que te pusieras un suéter?

—Hola, Karla. Bonita sudadera.

—¡…! —yo.

—¡…! —Karla.

—¡Sudadera! ¡No recordaba cómo se llaman estas cosas! —Golden.

—¡No te di permiso de hablar!

Y con yegua voladora y patada a la espalda, Karla reafirmó lo que le había dicho a su alumno más aventajado.

"Hay algo raro en todo esto."

15

✦ ¡AUXILIO, RUDO EN PELIGRO! ✦

El entrenamiento con Vladimir no fue tan productivo como en otras ocasiones. Golden Lacra y su patrona se quedaron toda la tarde en el gimnasio, así que nos limitamos a una sesión de pesas y algo de ejercicio cardiovascular.

—Tenemos mucho que estudiar. Ven a la casa el sábado; ahí no nos molestarán.

Imaginaba lo que me diría mi petit máster: "Te ves fuera de ritmo", "Estás siendo blando", "Pareces un viejito que no aguanta nada", "Así no son los rudos de verdad". Y tendría razón, lo reconozco; pero no por eso deja de ser incómodo escucharlo.

Después de una sesión de cine en casa (vimos una de acción porque, según mi padre, me hacía falta) fui a mi recámara a acostarme, pero el insomnio me atacó y estuve despierto hasta las dos de la mañana. Repasaba mis luchas en la cabeza. No entendía qué estaba haciendo mal. Según yo, sólo había tenido mala suerte.

Al día siguiente, después de un ligero desayuno, me dirigí a casa de Vladimir. Pero antes me detuve en el

puesto de periódicos para ver si habían llegado las nuevas revistas de luchas. Hice el coraje de mi vida: Golden Fire aparecía, una vez más, en casi todas las portadas.

—¿No son atrasadas? —pregunté al encargado del puesto.

—No, joven, me las acaban de traer.

—Qué raro que ninguna anuncie que el Conde Alexander ya regresó de su gira. Y esta semana luchó en la arena Tres Caídas.

—Bueno, eso de luchar es broma, ¿verdad? Yo estuve ahí y puedo decirle que le pusieron un baile de aquéllos. Creo que alguna de las revistas lo menciona, en chiquito. Todavía no las hojeo bien.

—¿No es un poco injusto con el Conde?

—Él se lo buscó. Ese Enmascarado de Terciopelo está siendo más terciopelo que luchador.

—¿Cómo?

—Desde que perdió la lucha por el campeonato no da una.

—Pero a veces lo descalifican por exceso de rudeza.

—Para mí que ya se le olvidó luchar y por eso se dedica a hacer trampas.

Estuve a punto de revelarle mi identidad secreta a mi interlocutor, sólo para que se tragara sus palabras por la vergüenza de haber hablado así del gran rudo. No sé cómo logré contenerme. Pagué las revistas y me fui a casa de Vladimir. En mi cabeza había una tormenta.

"Más terciopelo que luchador."

"¿Cómo se le ocurre decirle eso al mismísimo Conde Alexander."

"Soy de terciopelo porque soy fino y elegante."

"Aunque Karla y Golden Fire quieran hacerme creer lo contrario."

"Aunque mi padre piense que estoy poniendo en riesgo mi carrera."

"Los niños en la escuela la pasaron muy bien con el Conde."

"Y los aficionados en las firmas de autógrafos quedaron encantados con mi fino trato."

"Lo cortés no quita lo valiente."

"Aunque digan que el terciopelo me hace menos luchador."

"Yo soy un rudo hecho y derecho."

"Aunque de seguro en mi otra vida fui un arpista de la Grecia clásica."

"Sólo tardé mucho en reencarnar y me equivoqué de continente."

"Y en el México actual hay que perseguir la chuleta como se pueda."

"Pero el arpa se me da de maravilla."

"Hago felices a los niños en los ensayos; siempre se ríen cuando toco el arpa."

"Practico todos los días para mejorar."

"Qué raro que los pájaros hayan dejado de posarse en el balcón. Al menos ya no tenemos que limpiar sus cacas del barandal."

"Le voy a sugerir a mi tía algunos poemas para el recital, los leí la otra vez. Falta poco menos de cuatro meses, así que hay tiempo."

—Buenos días, profesor. ¿Cómo amaneció?

No supe a qué hora llegué a casa de Vladimir. Por lo visto era muy temprano, porque el Caballero Galáctico me recibió en pijama.

—Pues la verdad es que me sacaste de la cama, muchacho. Pasa, le voy a avisar a Vladimir que ya estás aquí.

Y el Caballero Galáctico se alejó para ir por su sobrino.

"¿Será que sí me estoy obsesionando con esto del arpa?"

"Al rato voy a tocar el arpa en el ring y a hacer llaves en la escuela."

"¿Y si cambiara mi nombre de luchador por el de Arpa Diabólica?"

"¿O Arpista del Ring?"

"Sería la envidia de todos."

En eso apareció Vladimir, también en pijama.

—Hola. Perdóname. Se me pegaron las sábanas.

—No te preocupes, ruiseñor mío. ¿Te aprendiste tus versos? Yo vengo listo para el ensayo. Sólo debo calentar la garganta.

—¿De qué hablas? ¿Ruiseñor? ¿Calentar la garganta? ¿Cuáles versos? Viniste a repasar tus videos para saber qué debes corregir en el gimnasio.

"¿Qué demonios me está pasando?"

"¡Auxilioooooo! ¡Rudo en peligrooooooooo!"

16

★ LLUEVE SOBRE MOJADO ★

¿SE ESTANCÓ EL CONDE ALEXANDER?
Por Landrú

En este momento no hay personaje más polémico en la escena luchística que el Enmascarado de Terciopelo, el Conde Alexander. Está por cumplirse un año de su debut, y en ese lapso el rudo se ha ganado el respeto de sus rivales, así como el odio y la admiración de los aficionados. De fina estampa y ademanes cínicos, el aterciopelado Conde nos regaló una de las mejores luchas de la temporada pasada, cuando disputó el campeonato nacional de peso wélter ante Golden Fire; si bien en aquella ocasión la suerte favoreció al técnico del fuego de oro, muchos nos quedamos con la sensación de que el Conde era el verdadero campeón.

Tras una exitosa gira por el interior del país, el regreso del Conde Alexander generó mucha expectativa entre periodistas y aficionados, quienes llenaron la arena Tres Caídas para presenciar el mano a mano entre el de Terciopelo y el siempre duro Coloso Villedas. Sin embargo, por encontrarse lesionado éste, en su lugar apareció Golden Fire. Como era de esperarse, a ninguno de los dos le agradó toparse con su rival. Al no haber cinturón de por medio, en esta ocasión el Conde aprovechó para darle al sensacional técnico una dura repasada y un recital de rudezas y artimañas.

Tras esa salvaje lucha, que para sorpresa de muchos acabó en empate, hemos visto muy diferente al Conde Alexander; pareciera que el circuito independiente le está quedando chico. ¿Se estará aburriendo de luchar contra gente a la que ya superó? ¿Será momento de buscar nuevos horizontes? La derrota ante la Boa es una llamada de atención. Se le notó fuera de ritmo; aun así, tuvo algunos destellos que nos hicieron ver que su calidad sigue ahí, aunque su cabeza esté en otro lado.

Ojalá que todos los regaños que recibí esta semana hubieran sido como éste, que al menos destacó lo positivo. Vladimir, en cambio, no ha hecho más que señalar cómo hasta mi manera de caminar sobre el ring es débil. Según él, ya no proyecto tanta fiereza.

Y hablando de proyectar, las siguientes dos semanas van a ser muy complicadas en casa. Los de la revista mandaron a mi mamá a cubrir un festival de cine fuera de la ciudad. Ya tenía mucho tiempo que no me quedaba solo en casa, con mi padre. Para colmo hay vacaciones escolares y mi tía no pudo convencer a la asociación de padres de familia para que le permitan ensayar con los alumnos esos días.

★ ★ ★

—Levántate, flojo. Con razón la jornada no te rinde. Sal de esa cama.

Así fue como mi padre me despertó al día siguiente de que mi madre partiera al festival.

—¿Qué hora es? Todavía está oscuro.

—Cinco de la mañana. Hora perfecta para ir a correr.

"Pero por una cobija extra; hace mucho frío."

Media hora después, ya había entrado en calor; incluso sudaba. Además tenía hambre, un poco de sueño y un terrible calambre en la pantorrilla.

—Fuera de condición. Tanta arpita y versitos te tienen así.

Cómo me hubiera gustado decirle que se equivocaba. No en lo de la falta de condición, sino respecto del arpa y la poesía. Eso no tenía nada que ver. En todo caso, era culpa mía por no saber organizarme.

—Tendré que hablar con mi parejita. Tan buen entrenador que era. Seguramente tiene muy descuidado el gimnasio por visitar tan seguido al doctor.

Mi padre estaba siendo injusto: el Caballero Galáctico sólo iba al médico los lunes… y los martes… y los miércoles… y los…

✶

Más tarde, en el gimnasio.

—Da tres vueltas al ring, pero ya sabes cómo. Manos a los tobillos. Patitos.

Ese ejercicio siempre me ha resultado muy pesado, y hacerlo después de haber estado acalambrado resultó una verdadera tortura.

—Parejita, ¿no está exagerando? —el Caballero Galáctico quiso interceder por mí.

—Me extraña que diga eso, parejita. Acuérdese de cómo era la cosa en nuestros tiempos. Un luchador de verdad se hace en el gimnasio.

—Sí, parejita, pero…

—Nada de peros. ¿O ya se le olvidó cuánto nos costó llegar a ser lo que fuimos?

Por suerte Vladimir no pudo ir al gimnasio ese día porque tenía que ayudar a su mamá con unos encargos. En el celular había un par de mensajes suyos.

"Ya casi llegas a dos mil seguidores. Tienes que volver a ser el rudo de antes, si quieres que la página crezca."

"Te veo el sábado temprano; tenemos mucho que estudiar."

Ese niño no me da respiro.

—Oiga, parejita —dijo el Caballero Galáctico a modo de despedida—, debería considerar dar clases. Si quiere le doy unas horitas aquí, mientras voy al doctor.

—Ya deje descansar al pobre médico, parejita. Lo ve más que a su familia.

★ ✦ ✦

Más tarde, para mi buena fortuna, mi abuelo y Tetsuya fueron de visita. Eso me dio una tregua… de dos minutos.

—Nieto maravilla estar sujeto a presión excesiva por parte de honorable papá.

—¿Presión excesiva? Me extraña que me diga eso quien pasó los últimos cinco años de su carrera luchando en Japón. Tú sabes, papá, que esta profesión requiere sacrificios.

—Viejito loco estar de acuerdo, pero pedirle que no olvide que usted no siempre ser modelo de disciplina.

—Papá, ahorita no…

—Abuelito chimuelo exigir no interrupción.

—Papá, delante del niño…

—El niño ya ser todo un luchador.

—Pero no va a llegar muy lejos si sigue distrayéndose con su arpita…

—El arpa no dañar más que oídos de los demás. Carrera no estar en peligro. ¿O ya olvidar usted cuando no entrenar para ir al cine a ver si encontrar otra vez a la chica que gustarle?

—Papá…

—Hasta no conquistarla no volver a entrenar bien…

"De modo que el Exterminador tiene cola que le pisen."

Al despedirse, Tetsuya me murmuró al oído:

—Decirle a honorable madre que con un llavero del festival quedar a mano.

Quise dormirme temprano, pero mi papá tenía otros planes:

—No te vayas. Vamos a ver una película en la tele…

—Pero, papá…

—Para sentir que tu mamá está aquí.

—De acuerdo.

—Vamos a poner una de acción. Tenemos que recuperar a ese rudo que hay en ti.

"Al menos ya se le pasó el gusto por los dramas."

—Y mañana, una de las tristes, de esas a las que tu mamá siempre les encuentra errores mientras tú te acongojas.

✶✶✶

Esas dos semanas se me hicieron eternas y al mismo tiempo se me pasaron rapidísimo. Sé que suena contradictorio. Sufrí mucho levantándome tan temprano, pero las tardes con mi padre no fueron tan tortuosas como creí que serían. Por precaución no le pregunté por sus idas al cine en lugar de al gimnasio. (Esa es una carta que algún día usaré.)

Los únicos momentos en que mi padre no estaba encima de mí eran cuando se sentaba frente a la máquina de coser, tratando de perfeccionar sus habilidades en la confección de máscaras (que, por cierto, le siguen quedando horribles).

¿Las luchas? Sí, tuve trabajo casi todas las noches de esa quincena. Para mi suerte, no me tocó ninguna contra la lagartija voladora, y ni crean que lo extrañé. Me di gusto castigando a mis rivales como en los buenos tiempos. La gente terminaba furiosa conmigo. Pero bien que me pedían fotos y autógrafos al acabar la función.

—Niños, ya les dije que no se acerquen a ese salvaje.

Oír nuevamente a la señora alejándome de sus hijos me hizo darme cuenta de lo mucho que extrañaba ser rudo…, aunque no me gusta que me considere mala influencia. ¿Cómo podré convencerla de lo contrario?

★ ★ ★

El día que mi madre volvió del festival, no me paré por el gimnasio. La recogí en el aeropuerto a las seis de la mañana (¿por qué mi familia tiene esa maldita costumbre de llegar de madrugada?), y después de una siesta fuimos a comer para celebrar su regreso. Estaba por pedir el postre cuando sonó mi celular. Era la asistente del promotor de la arena Tres Caídas.

—El señor quiere verlo mañana; le tiene una gran noticia.

—¿Una nueva gira?

—No.

—¿Una lucha por el campeonato?

—No.

—¿Una…?

—No insista, joven; no me hará decirle que lo quieren contratar en la Empresa Internacional de Lucha Libre.

Me quedé mudo. No se reciben noticias como ésa todos los días. Estuve a punto de comunicar la buena nueva
a mi familia, cuando me llegó un mensaje de Vladimir:
"No toques la computadora. Karla volvió a mandar un
virus. Estoy trabajando en ello. Y más vale que cuides
bien tus máscaras: esa niña se robó la tela de la casa de tu
mascarero".

"Estos niños me van a volver loco."

17

★ EL MUCHACHO ESTÁ CRECIENDO ★

—Conde, voltee para acá, por favor.

—Ahora para acá.

—Una foto más y empezaremos la conferencia.

—Buenas tardes, compañeros de la prensa. Gracias por asistir a esta presentación. Como saben, la Empresa Internacional de Lucha Libre siempre está a la búsqueda de nuevos talentos para dar lo mejor al público que nos honra con su asistencia en nuestras arenas. Desde hace varios meses le hemos seguido la pista a este muchacho. Sus actuaciones han sido muy polémicas; en más de una ocasión ha sido necesario escoltarlo a los vestidores para evitar que lo linchen los aficionados que se enfurecen con su estilo tan rudo. Pero también ha demostrado muchísimas veces que sabe luchar de verdad. Su repertorio de llaves es casi tan amplio como el de rudezas, y creemos que puede convertirse en alguien a quien la gente idolatre u odie. Su imagen clásica nos recuerda grandes figuras que brillaron en la época dorada de la lucha libre; si continúa con ese paso, pronto lo veremos codeándose con las máximas estrellas de nuestro país. Por todo eso me place anunciarles que a partir de hoy el Conde Alexander, el Enmascarado de Terciopelo, se integra a las filas de la Empresa Internacional de Lucha Libre.

—Conde, unas palabras, por favor.

—Eh…

✳ ✳ ✳

Sí, ese soy yo. Posiblemente se preguntarán cómo llegué hasta aquí… ¡Nah! Claro que saben cómo le hice, si me han acompañado desde el libro anterior (dice la señorita editora que todavía pueden adquirirlo para regalarlo a sus amigos en cumpleaños, Navidades, graduaciones; si mencionan esta publicación al momento de hacer su compra, no les harán ningún descuento en librerías, pero sabremos que han estado poniendo atención a la historia).

✳ ✳ ✳

—La verdad, todavía no me la creo. Todo luchador sueña con entrar aquí, con pisar la Arena Catedral, pero también con presentarse en la Arena del Centro, que fue donde comenzó a escribirse la historia de esta gran empresa.

—Conde, eres muy joven para conocer la tradición de la Arena del Centro; casi todos anhelan luchar en la Catedral.

—Mi familia es aficionada a la lucha libre. Mi padre y mi abuelo me han contado muchas historias de la Arena del Centro, y yo sentí una emoción muy grande cuando subí a su ring el día que hice mi examen para obtener la licencia de luchador profesional.

—¿Tu familia está ligada a la lucha libre?

—Nos gusta, como muchos otros deportes.

★ ★ ★

No se preocupen, no voy a aburrirlos con toda la conferencia (que la señorita editora borró "accidentalmente"); ese fue, como dice mi abuelo (y Tetsuya), "el sushi del pastel" (comienzo a sospechar que Tetsuya no es muy buen intérprete). Sin embargo, los días previos a la conferencia fueron lo mejor de todo.

Al día siguiente de recibir la llamada telefónica de la secretaria del promotor de la arena Tres Caídas, me presenté en la oficina de éste.

—¿Ya no me quiere aquí? ¿Por eso me vendió?

—Todavía no entiendo por qué un rudo como tú se la vive haciendo dramas. Nadie te está corriendo ni mucho menos vendiéndote. A los directivos de la empresa les interesó tu trabajo y quieren que seas parte de su elenco.

—¿Y mi carrera aquí?

—Seguirás luchando en esta arena, sólo que no tan seguido. Recién firmé un convenio de trabajo con la empresa y nos van a mandar gente de su elenco para nuestras funciones. A lo mejor un día pido que vengas… Digo, si al público le interesa que regreses.

—¿Me van a olvidar…?

—Nunca aprenderás a reconocer una broma, ¿verdad?

—Patrón, usted ha hecho mucho por mí. No sé cómo pagarle…

—Destroza a los luchadores de la empresa. Sigue siendo ese rudazo y nunca niegues de dónde saliste.

El día que firmé mi contrato con la Empresa Internacional, al término de la conferencia de prensa, pensé que iba a desmayarme. Estaba aturdido por los flashes de los fotógrafos. Se sentía muy raro todo. No había tenido tiempo de platicar con el Caballero Galáctico y con Vladimir; apenas pude enviarles un Whats cuando me dieron la noticia. Vladimir contestó enseguida: "Mi tío se desmayó del gusto; lo vamos a llevar al doctor. Mañana te escribo".

Por supuesto, en cuanto se dio a conocer mi incorporación a la empresa, el Facebook del Conde Alexander duplicó su cantidad de seguidores. Los comentarios de los aficionados eran, casi todos, de felicitación.

"Ya se acorrientó la Empresa", escribieron Karla y Golden Espárrago en sus redes, pero lo borraron de inmediato.

—Ignóralos —dijo Vladimir cuando nos vimos en su casa—. Tenemos que empezar a estudiar a tus nuevos rivales. Golden Fire ya quedó atrás.

—Me encanta cómo suena esa frase. Lástima que no le quité el campeonato nacional wélter.

—Pero estando en la empresa puedes luchar por el campeonato mundial.

—Te veo raro, amigo.

—Sólo estoy cansado. Me desvelé anoche.

—¿Otra vez fuiste a bailar a casa de los vecinos?

—No te burles.

—No es burla. Al contrario, qué bueno que tengas algo más que hacer. Espero que consigas buenas amistades.

Lo siguiente fue hablar con el Caballero Galáctico. Fui a buscarlo a su gimnasio. No quería que me escuchara Vladimir. No sabía cómo tomaría lo que debía decirle. Afortunadamente, ni Charal Fire ni la niña que acabó con la vida en Plutón estaban ese día en el gimnasio. Y el Caballero tampoco. Me topé en el mostrador con alguien a quien nunca había visto.

—Buenas tardes, busco al dueño.

—¿Por qué tanta formalidad? Aquí estoy, como siempre.

—¿Es usted, profesor? ¿Cuándo se dejó la barba? ¿A qué hora le creció el cabello?

—¡Qué bruto! Me puse la peluca y la barba para ir a la farmacia y olvidé quitármelas. Como ya no me dejan entrar a medirme la presión cada tres horas, tengo que disfrazarme.

—Debo hablar con usted, profesor. Es… sobre la empresa.

—Déjame adivinar. Ahora tienes que entrenar en su escuela, en la Catedral. Está en tu contrato.

—¿Cómo sabe?

—No eres el primero de mis alumnos al que reclutan.

—¿Y está de acuerdo?

—Puedes seguir viniendo al gimnasio para mantenerte en forma. En la Arena Catedral sólo entrenarás lucha. Aquí puedes hacer pesas, cardio… No pongas esa cara; te va a ir bien. Te doy un consejo: métete al grupo de la mañana. El Cordobés, el maestro de ese turno, es de los mejores: tres veces campeón de peso semicompleto, dos veces campeón de parejas, rapó a siete luchadores y nunca perdió la cabellera. Le vas a aprender mucho.

—Me preocupa cómo va a tomarlo Vladimir; aún no le digo nada.

—Yo me encargo.

Por la noche hicimos una tamaliza en casa para celebrar (Tetsuya se comió cuatro verdes; mi abuelo por una vez ignoró el sushi y se zampó uno de mole, pero se sintió empachado el resto de la noche). Por supuesto, invitamos a Vladimir y a su familia.

—Ya me dio la noticia mi tío...

—No sabía cómo decírtelo... Quisiera seguir entrenando con ustedes, pero el contrato...

—Te encanta complicarte la vida. El contrato no te prohíbe ir a otro gimnasio.

—¿Cómo sabes?

—Me metí al servidor de la arena para bajar el documento... Quita esa cara: Karla hubiera aprovechado para llenar de virus las computadoras de la empresa; lo mío no es nada.

—¿Entonces seguiremos estudiando videos?

—Todavía no estás listo para volar solo, Conde; me falta mucho por enseñarte.

18

★ VUELVAN A DECIRME QUE ES MUY FÁCIL ★ Y LES HAGO UNA QUEBRADORA

—Te veo más delgado, hijo. ¿Estás comiendo bien?

—Sí, mamá, pero el nuevo entrenador me exige como nunca.

—No dejes de comer; no quiero que te enfermes.

—El entrenador ya me dio una nueva dieta, justo para evitar eso.

—¿Y esa maleta? No me digas que otra vez luchas fuera de la ciudad.

—Sí, Puebla de nuevo. En cuanto acabe la clase en la arena, salgo para la terminal.

—Está bien. Pero ya no traigas llaveros de recuerdo.

—Son para que no olvidemos en qué ciudades me he presentado.

—Pero sólo te mandan a Puebla y a Guadalajara. Ya tenemos muchos llaveros de ahí.

Desde que me incorporé a la empresa, me la vivo entrenando en la Arena Catedral por las mañanas; los lunes me mandan a luchar a Puebla, y martes y domingos me presento en Guadalajara. El patrón dice que necesito agarrar ritmo antes de debutar en la Catedral y en la del

Centro, por eso me envía a esas dos ciudades; en ambas me programan en las segundas y terceras luchas. La gente al principio no sabía cómo recibirme. Estaban muy acostumbrados a la lucha aérea y no a un rudo con mis características. Incluso mis compañeros en la empresa siguen sorprendidos de que sea tan salvaje.

—¿No estarás tratando de compensar alguna carencia en tu vida con tanta rudeza?

—¿Perdón?

—No le hagas caso al Cosmonauta —me dijo uno de mis nuevos compañeros—. Desde que estudia psicología se la pasa analizándonos a todos.

—¿Te da tiempo de ir a la universidad?

—Estudio en línea.

No pudimos seguir platicando: el Cordobés llegó y nos hizo darle doce vueltas a la arena, para calentar. Después nos subió al ring para iniciar la rutina: maromas, derribes, lances… Tres horas de mucho esfuerzo. Son clases muy diferentes de las que tengo con el Caballero Galáctico, y ni qué decir de mis sesiones con Vladimir.

Cuando me contrataron pensé que entrenar con el Cordobés sería suficiente, pero en mi primera presentación en Puebla me tocó combatir contra Tarántula júnior, un rudo que recién se había pasado al bando de los técnicos, y me hizo sufrir bastante. Hubo momentos en que mi rudeza se imponía, pero no lograba ser tan dominante. Gané esa primera lucha (con una pequeña trampita relacionada con las cuerdas), pero me di cuenta de que no sería nada fácil mi estancia en la empresa.

Por eso hablé con el Caballero y le pedí que siguiera entrenándome. No podía permitir que el Conde Alexander perdiera su nivel y decepcionara a su nuevo público.

—Muchacho, este gimnasio siempre estará abierto para ti. Por lo menos lo que resta del año, pues dejaste pagados varios meses por adelantado.

Me urge que ya te pongan a luchar con rivales más conocidos.

Vladimir, no subestimes a mis contrarios. Cualquiera que se suba a un ring es peligroso.

¿También la lombriz parada?

Dije peligroso, no un insulto a la humanidad.

Jajajajaja.

Jejejejejeje.

Ya en serio, casi no hay información para estudiar; ni revistas ni videos. Parece que luchas en una dimensión alterna.

No exageres. ¿A poco en YouTube no pasan las funciones de esas arenas?

Sí, pero sólo las estelares. Tú estás en las primeras, y ésas no las transmiten. ¿Cómo te va con la gente? ¿Te siguen odiando?

La señora que vende dulces frente a la arena de Puebla todavía me escupe cuando me ve llegar.

JAJAJAJAJAJAJA

No te burles; la otra vez sí le atinó. Es tan fina y educada como tu amiga Karla.

¿Amiga? ¿Mi amiga?

Admítelo, te gustaría ser su amigo.

Tanto como a ti hacer pareja con Golden Karlo.

Jajajaja. Golden Karlo, ésa estuvo buena.
¿En serio no te gustaría ser amigo de Karlita?
A lo mejor deja de ir al gimnasio y ya no tenemos
que desinfectar las pesas cuando se va.

Prefiero que me cubran de miel, me vacíen dos
sacos de alpiste y me dejen en el parque para que
me coman los pájaros, que ser amigo de Karla.

Uy, los pájaros. Mi mamá está muy contenta
porque regresaron a su balcón.

¿Y sigues ensayando con el arpa?

No he tenido tiempo para ensayar.

¿Hace cuánto que no ensayas?

Desde que entré a la empresa.

¿Cuándo dices que volvieron los pájaros?

Casi al mismo tiempo. ¿Por?

Por nada.
¿Mañana vienes al gimnasio en la tarde?

No puedo; me toca Guadalajara. Te veo el miércoles.

El gimnasio es muy aburrido sin ti.

¿No te entretienes platicando con Karla?

¡Yaaaaa!

Sólo preguntaba. Jejejejeje.

Además, me pongo audífonos cuando ella está, para no oír sus bromas.

No le hagas caso. Golden Gusano no está en la empresa; no tenemos que preocuparnos más por él.

Eso espero, porque esos dos se están portando de un modo muy sospechoso.

Olvídalos.

Un favor, no me traigas más llaveros. Al menos hasta que te manden a otro lado que no sea Puebla o Guadalajara.

Te dejo, amigo. Ya estoy llegando a Puebla. Me voy a comer y luego a la arena.

A ver si ahora sí ganas.

Esa noche hice equipo con Gato Montés y Vértigo, y les ganamos en tres caídas a Rubén Almazán, Cosmonauta y Astro Poblano III. No quiero presumir pero, de no ser por mí, no nos hubiéramos llevado la victoria. En la última caída fui yo quien eliminó a Astro Poblano con una rana (claro que también ayudó que le pegué en la cabeza sin que los réferis me vieran). Para variar, la gente estaba furiosa. Hasta limones me aventaron.

La noche del martes, en Guadalajara, las cosas fueron muy parecidas. Ahí me enfrenté a los Jinetes I y II, y tuve por socio a Destripador. Pobres Jinetes, los dejamos con

las máscaras rotas y el orgullo por los suelos. Perdimos por descalificación.

Al día siguiente, como todos los miércoles, después del entrenamiento fui a la oficina del promotor para ver las listas y saber dónde lucharía la próxima semana. Me quedé mudo.

Lunes, Puebla; martes, Guadalajara. Ambas en la estelar. ¡Y el sábado debutaba en la Arena del Centro!

Escuché la voz del Cordobés detrás de mí.

—Si vences a los estelares de Puebla y Guadalajara y me das una buena lucha en la Arena del Centro, hablaré con el patrón para que te incluya en la nueva temporada de la Catedral.

Fue tal mi emoción que no me di cuenta, sino hasta la noche, de que tenía dos mensajes de Vladimir.

> Si lucharas como lloras, hace mucho que serías campeón.

> Amigo, no hagas caso del mensaje anterior. Karla se robó mi teléfono.

* * *

Estos niños me van a volver loco.

156

19

★ ES SAN VALENTÍN, VLADIMIR ★

—Vladimir, el informe y las estrategias de esta semana son un poco raros. ¿Seguro los hiciste tú?

—Claro que sí. ¿Quién más te daría una carpeta con instrucciones como ésta?

—Karla ya se robó tu teléfono. A lo mejor esculcó tu mochila y...

—Te digo que yo los escribí. ¿Por qué no me crees?

—"Carpeta número uno: Puebla. Rival: Duende. Características: grandote. Estrategia: hacerle llaves y no dejar que te las haga."

—Bueno, es un borrador.

—"Carpeta número dos: Guadalajara. Rivales: Tom Sawyer y Mark Twain. Estrategia: poner a Tom a pintar la cerca."

—Ah, caray. Te estaba dando mi tarea de Español.

—"Carpeta número tres: Arena del Centro. Rivales: Rock, Hip-Hop y Salsa. Estrategia: pedirle a Leonor que baile conmigo un par de salsas y después invitarla a..."

—¡Trae acá!

—¿Quién es Leonor?

—Nadie... Es el nombre en clave de la nueva estrategia.

—¿Entonces ahora voy a cansar a mis rivales bailando salsa? ¿A dónde los tengo que invitar? Vamos a practicar. ¡Cinco, seis, siete, ocho!

—¡Yaaaaaaa!

—No estoy seguro de que me sepa la Leonor. ¿Cómo es esa llave? ¿Se parece a la Alejandrina de Black Shadow?

—Leonor es hija de los nuevos vecinos. La conocí en las fiestas de los viernes.

—¿En las que bailas como loco? ¿Por qué no me platicaste de ella?

—No me preguntaste.

—¿Te gusta?

—Baila muy bien.

—¿Te gusta?

—Es simpática y cuenta chistes muy buenos, pero sólo la veo en las fiestas.

—¿Te gusta?

—¡Ya te dije que sí! No entiendes nada.

—Ay, Vladimir. Esto amerita medidas especiales.

Y no volvimos a hablar de lucha libre por lo que restó de la tarde. Mi amigo necesitaba mis consejos y era mi deber apoyarlo.

Fui corriendo a casa; ya tenía en mente unos poemas que podían ayudar a Vladimir para impresionar a Leonor. A pesar de que el gimnasio del Caballero Galáctico no me queda muy lejos, no fui lo suficientemente rápido, pues cuando regresé, Golden Fire y Karla ya habían

158

llegado. El pobre Vladimir tuvo que ponerse los audífonos y refugiarse en un rincón.

—Ven, amigo. Quiero mostrarte unos poemas.

Gran error de mi parte decir eso en voz tan alta. Era obvio que Karla no desaprovecharía la oportunidad de molestarnos.

—¡Uy, uy, uy! La lágrima maravilla quiere convertir al súper niño en un sentimental como él.

—No le hagas caso, Vladimir. Vamos a la oficina de tu tío.

—No podemos; está platicando con alguien.

—Entonces vamos a tu casa.

—Mamá está enferma; se quedó en cama para dormir un rato.

—A mi casa… No, espera. Fueron de un periódico para hacerle un reportaje a mi mamá por sus veinticinco años en la crítica de cine. Tendrá que ser aquí, Vladimir.

—Oye, Karla, no puedo deshacer el nudo de mis botas.

—¡No te di permiso de hablar, Golden!

Y, acto seguido, tomó a la lagartija del brazo, lo proyectó contra las cuerdas y lo recibió con unas patadas voladoras que le sacaron el aire.

Mientras la destructora de dinosaurios trataba de enseñarle a Golden nuevas llaves (y el otro se quejaba de que le dolían mucho), le hice una lista de poemas a Vladimir.

—Copia estos dos en una tarjeta y entrégaselos con unas flores.

—¿Crees que sea buena idea?

—Tienes que sorprenderla. Ella no se espera que la invites a salir. Llega con un detalle así para llamar su atención.

—¿Súper Bebé quiere tener novia?

Es increíble lo aguda que puede ser la voz de Karla y lo sigilosa que es. Nunca supimos en qué momento se paró detrás de nosotros. Golden Fire, mientras tanto, se había atorado en las cuerdas y hacía lo posible por zafarse.

—Karla necia, que acusáis a Vladimir…

—Mi aterciopelada pesadilla, no estoy hablando contigo, y menos si empiezas con tus frases raras. Esto es entre el único luchador que no se sube al ring para que no lo regañe su mamá y yo.

—Pero, Karla, a mi mamá le gusta mucho cómo vuelo…

—¡No te di permiso de hablar, Golden! ¡Sal a la calle y da treinta y dos vueltas a la manzana!

—Pero…

—¡Ahora! ¡Y ponte una chamarra porque hace frío!

El desangelado de fuego y oro salió a cumplir con su castigo. Karla, para nuestra desgracia, centró su atención en nosotros.

—Mira, Vladimir el encantador, estás loco si crees que vas a conquistar a esa niñita siguiendo los consejos del llorón de tu amigo.

—Señorita Karla, si me permite… —intenté decir.

—Si no te pela, ¿no te has puesto a pensar que no le gustas?

—Vladimir, si ella baila contigo en las fiestas…

—Y olvídate de llevarle florecitas y versos. Si ella no te ha invitado a salir es porque no quiere salir contigo. Deja de imaginar que está sentadita, esperando a que la llames, sin nada más que hacer.

—Vladimir, a lo mejor no conoce a mucha gente en el edificio…

—¿Estás seguro de que le gustas? ¿Siempre está al pendiente de lo que haces y se esfuerza por llamar tu atención?

—Vladimir, no escuches a Karla; sólo está al pendiente de lo que haces y quiere llamar tu atención.

—¡Bastaaaaaaa! ¡Tío, necesito una pastilla para el dolor de cabeza!

—Ven conmigo, Vladimir… Vamos a la farmacia. De camino te cuento una idea fantástica que se me acaba de ocurrir: una serenata con arpa y poesía para Leonor.

—¡Olvida la pastilla, tío! ¡Necesito arrancarme los oídos!

Saqué al pobre muchacho del gimnasio y fuimos a una heladería. Todavía alcanzamos a escuchar cómo Karla gritaba: "Esto lo pagarás con sangre".

20

✦ EL ANSIADO DEBUT ✦

—Nuestro tercer combate de la noche, en relevos senci-
llos. ¡Lucharán a ganar dos caídas de tres, sin límite de
tiempo! ¡En esta esquina, por el bando técnico, Agente Secreto y Torbellino! ¡En esta otra, por el bando de
los rudos, el Bombardero y, haciendo su presentación, el
Enmascarado de Terciopelo..., el Conde Alexander!

Cada vez que viene a mi mente el anuncio de esa lucha, se me revuelve el estómago. La tradicional Arena
del Centro. No es lo mismo pisar su ring para hacer un
examen que presentarse en ella ante miles de personas.
Si el público de la arena Tres Caídas es exigente, el de aquí
en verdad impone. En las primeras filas había muchos
aficionados mayores, que seguramente estuvieron ahí
cuando cayeron varias máscaras y cabelleras legendarias.
Ellos no se impresionaban fácilmente. Las porras estaban
divididas. Un grupo numeroso vitoreaba a los técnicos,
pero el bando rudo también contaba con gente que lo
apoyaba. El Conde Alexander tenía, además, sus jueces
particulares. Mi abuelo (sin Tetsuya, porque éste se había
quedado en casa para ver un maratón de telenovelas), mi

padre y el Caballero Galáctico estaban en las últimas filas, observando en silencio. Recuerdo cuando hice mi entrada por el pasillo que conduce al ring. Pese a los gritos de los aficionados, escuché una voz conocida:

—Mira, mamá, el Conde Alexander.

—No puede ser; ya dejaron entrar aquí a ese barbaján.

Me sentía muy nervioso. Bombardero lo notó y me dijo que esperara en nuestra esquina; él entraría primero para luchar contra Agente Secreto. Eso me ayudó a saber qué aficionados estaban con nosotros y quiénes con los rivales, qué tan duras estaban las cuerdas y si el ring tenía unas partes más firmes que otras. Pensar en todo eso me ayudó a relajarme. Cuando llegó mi turno, Bombardero me dijo al oído:

—Lúchale limpio al Torbellino, que la gente vea que tienes buena escuela.

Y eso hice. Durante varios minutos intercambiamos llaves y derribes. Vladimir hubiera estado orgulloso de mí. (Tenemos que convencer a su mamá de que lo deje venir a la arena; no basta con que le permita ir al gimnasio y asesorarme.) Después de una primera caída en la que todo se llevó a cabo en el terreno de lo legal (y que ganamos, por cierto), mi compañero me dijo:

—Ahora enseñémosle a la gente lo que es bueno.

Y nos abalanzamos sobre los pobres técnicos; no les dimos respiro alguno. Fue tal la sorpresa que no necesitamos muchas marrullerías. Un buen ataque coordinado, al son de dos contra uno, y antes de que pudieran reaccionar, los rendimos. Mi debut en la arena más antigua de la ciudad fue un éxito. No cualquiera puede presumir una victoria en dos caídas al hilo.

Ya en los vestidores, al término de la función, uno de los réferis se me acercó:

—Traes buenas cosas. Te falta experiencia, pero se te notan facultades.

A la salida de la arena, un par de aficionados me pidió una fotografía y otro par, un autógrafo. A mis espaldas, escuché un grito:

—¡No te acerques al salvaje! ¡Vámonos, ya llegó el taxi!

Algunas cosas nunca cambian.

Esa noche hicimos escala en una taquería para celebrar que la tercera generación de la familia había pisado tan tradicional ring. Estábamos a punto de ordenar cuando nos dimos cuenta de un detalle muy importante:

¡habíamos olvidado a mi abuelo en la arena! Regresamos lo más rápido que pudimos. Para nuestra buena suerte, se encontró con unos aficionados japoneses que estaban de vacaciones en la ciudad e identificaron a Maravilla López. Se emocionaron tanto por conocer a semejante celebridad que no dejaban de tomarle fotos y videos, e incluso querían invitarlo a Japón a dar una conferencia. Pese a que no lo dejamos solo por mucho tiempo, y aunque en vez de regresar a la taquería lo llevamos a comer sushi, mi abuelo no nos dirigió la palabra por una semana.

★ ★ ★

Si bien mi carrera luchística iba por buen camino, llegar a la Arena del Centro era apenas el primer paso. No podía descuidar los entrenamientos y debía dar mi mejor esfuerzo en cada lucha. Las clases con el Cordobés eran duras y en ellas aprendía llaves que no conocía, pero aun así no hay lugar como el hogar o, en este caso, el gimnasio del Caballero Galáctico y Vladimir.

Claro que las cosas últimamente habían estado un poco raras. Karla y Golden Fire estaban decididos a no darme tregua en su acoso. Tenía ya dos meses luchando en la Arena del Centro, y la musaraña malévola y el frijol brincador se empeñaban en hacerse notar. Siempre que iba al gimnasio, ahí estaba uno de los dos.

—Don Brincador —le dije una vez (reconozco que a veces yo lo provoco)—, ¿puedo preguntar por qué insistes en venir enmascarado al gimnasio?

—Sí puedes.

—¿Por qué insistes en venir enmascarado al gimnasio?

—El misterio se debe respetar a cada instante.

—Pecas —Golden me miró de muy fea manera, pero no dijo nada—, ya sé quién eres; no puedes volver a sorprenderme. Quítate la máscara, ven a gozar.

—Lo que gozo es cómo te obsesionas conmigo. Y no me la puedo quitar: desilusionaría a los reporteros que tanto me quieren.

Y acto seguido entró media docena de periodistas, con sus cámaras, gritando preguntas a la peca enmascarada.

—Golden, llevas doce defensas del campeonato nacional wélter. ¿Romperás el récord de Black Man de defensas consecutivas?

—Sería de muy mala educación romperle algo a Black Man, si ni siquiera nos han presentado.

—Creo que se refiere a superar su marca. ¿No vino tu domadora para enseñarte a usar el diccionario? —intervine, divertido.

—¿De verdad quieres hablar conmigo delante de tanta prensa? Ya sabes que soy muy indiscreto.

Justo en ese momento llegaron Vladimir y su tío, y pude alejarme de ese grupo de reporteros embobados.

—¿Cómo vas con los versos, Vladimir?

—Aún no los copio. Mi tío está muy preocupado porque no encuentra la receta que le dio el doctor; desde ayer la estamos buscando.

—Juraría que la dejé en mi oficina. Y ahí sólo entramos Vladimir y yo.

—¿No se la llevó a su casa, profesor?

—Ya revisé y ahí no hay ninguna receta… Ninguna receta nueva, quiero decir.

Y en ese momento, como invocada por algún adorador del demonio y otras criaturas del inframundo no tan peligrosas, apareció la tierna Karla, quien se limitó a sonreírnos y se fue junto a su pupilo.

—¿Y a ésta qué mosca le picó?

—Mira, tío, ¿no es esa la receta? —Vladimir señaló un papel en la entrada del gimnasio.

—Vladimir, acabamos de entrar y no había nada en el piso. Estoy seguro de que…

Vladimir se acercó a la puerta y levantó el papel.

—Sí es, tío. Menos mal que Karla no la pisó cuando entró.

"Un momento. ¿Karla no se agachó y dejó una hoja en el suelo antes de entrar al gimnasio? Esto está muy raro."

21

★ LAS BUENAS NOTICIAS NUNCA LLEGAN SOLAS ★

—¡Aaaaaaaaaaaaaah!

—Tranquilo. Cálmate.

—¡Aaaaaaaaaaaaaaaaaaaaaah!

—No me estás haciendo caso.

—¿Cómo me voy a calmar, profesor? ¿Ya vio la lista? Voy a luchar en la Arena Catedral. ¡Aaaaaaaaaaaaaaaaah!

—Si sigues gritando van a pensar que te apliqué mi llave favorita, la cordobesa, y me van a volver a castigar. Tranquilo, te digo.

—¿Ni un grito más?

—Ni uno.

Salí corriendo a casa. Tenía que decirles a todos. Cuando llegué, sólo encontré a mi padre, sentado, como siempre, en su máquina de coser, tratando de hacer una máscara.

—Ya te están quedando mejor, papá. Ésta no se ve tan mal.

—No seas payaso, es la tela sin cortar.

—Papá, lo logré. Este viernes debuto en la Arena Catedral. Voy en la segunda lucha.

—¡Aaaaaaaaaaaaaaaaaaaaaah!

—¡Aaaaaaaaaaaaaaaaaaaaaaah!

—¡Aaaaaaaaaaaaaaaaaaaaaaaah!

—¿A quién están matando? Se oyen sus gritos desde la esquina.

Eran mi madre y mi tía, quienes venían llegando de la calle.

—Tu hijo lo consiguió: debuta este viernes en la Arena Catedral.

—¿Tan rápido? Apenas lleva poco más de un año luchando. ¿A ti cuánto te tomó? ¿Seis años? ¿Siete?

Mi tía nunca deja pasar la oportunidad de señalarle algún dato a mi padre, sobre todo si es para molestarlo.

—¿No tienes algo mejor que hacer? ¿Un ensayo de tu recital?

—¡Uy, el recital! Tía, ¿cómo van los ensayos? Dile a la arpista que la próxima semana la llamo para retomar las clases.

Mi padre puso un gesto de furia (como los que hace cada vez que termina una máscara), pero mi madre fue más rápida:

—Lo que debes hacer, hijo, es lavarte las manos y ayudarme a poner la mesa. Si no comes bien, vas a parecer lombriz en el ring.

Después de una comida ligera, fui al gimnasio para darles las buenas nuevas a Vladimir y al Caballero Galáctico. El sorprendido fui yo, por cómo me recibieron.

—Felicidades, muchacho. Eres el orgullo de este gimnasio.

—El post de tu debut en la Catedral ya tiene más de dos mil shares. Y ni te digo de los likes.

—¿Cómo supieron? ¿Les dijo mi padre?

—Vladimir es experto en presionar a la empresa.

—No habrás tenido nada que ver con que me programaran, ¿verdad?

—En absoluto. Sólo hice una campaña de miles de tuits diarios. El mérito es tuyo.

—¿Tuit? ¿Te volviste pollo?

—Todavía no estás listo para que te deje volar solo —fue lo único que respondió el petit máster.

—Tienes que entrenar muy duro. Será una función televisada.

Esa semana no me programaron en ninguna otra arena; el patrón quería que me preparara a fondo para el debut: en las mañanas con el Cordobés y en las tardes con el Caballero Galáctico; las noches eran para repasar videos con Vladimir… Y cada que podíamos, mi petit máster y yo hablábamos de otros temas muy importantes.

—¿Ya invitaste a Leonor?

—No la he visto. No han hecho fiestas últimamente.

—¿Y? Búscala.

—No creo que se acuerde de mí.

—Pero qué niño tan dramático. Te pareces al Embobado de Terciopelo.

"¡Ay, nanita! ¿De dónde salió esa muñeca diabólica?"

—Karla, nadie te invitó a esta plática.

—Tengo derecho a estar en este gimnasio, tanto como ustedes.

—¿Y tu perrito dorado?

—No tengo perros; soy alérgica a su pelo.

—Me refiero a Golden Mequetrefe.

—Ah, ése. Tiene el tobillo lastimado.

—¿Qué le hiciste ahora?

—¿Por qué todos me echan la culpa? Yo no soy responsable de que las calles de esta colonia estén llenas de baches.

—Ya habrían terminado de pavimentar, si alguien no hubiera robado las llaves de las máquinas.

—Yo no les pedí que se estacionaran frente a mi casa.

✷ ✷ ✷

Durante toda la semana no dejé de recibir llamadas de reporteros que me pedían entrevistas. La noche anterior a mi debut en la Catedral estaba bastante nervioso. Me fui a la cama muy temprano, pero no podía conciliar el sueño.

> Vladimir, espero no despertarte con estos mensajes.

> Estoy un poco asustado por el debut en la Catedral.

> Casi tanto como tú para invitar a Leonor.

> Mañana empieza una nueva etapa en mi carrera.

> Ojalá tu mamá te diera permiso de ir a la arena.

No sé a qué hora me quedé dormido, pero al día siguiente mi teléfono estaba lleno de mensajes de Vladimir.

> Perdona que no te hubiera contestado.

> Leonor y su mamá nos invitaron al cine a mi mamá y a mí.

> Nos encontramos a tu mamá. No le gustó la película; dijo que las actuaciones no son creíbles y que los relojes de los personajes son muy modernos para la época que pretendía recrear la cinta.

> Ojalá pudiera ir a la arena.

Al menos ahora sí te veré en televisión.

¿Quién dijo miedo? ¡Ni que fuéramos unos chilletas!

¿Cómo que Leonor había invitado a Vladimir al cine? ¿Cómo que chilletas? Cada vez entendía menos a esos niños.

22

★ LA CATEDRAL SE LLENA DE TERCIOPELO ★

—Amigos aficionados, estamos a unos instantes de que empiece el segundo combate de la velada. Tenemos aquí al Enmascarado de Terciopelo, el Conde Alexander, quien hoy hace su presentación en la Arena Catedral. Conde, ¿nervioso?

—No les voy a mentir: estoy muy nervioso. Dormí poco, pero tengo fe en que las cosas saldrán bien.

—Conde, llegas aquí con muy buena reputación. Hace un año, las revistas te designaron como Novato del Año entre los independientes. Y, aunque eres rudo, vemos que tienes mucho público.

—Así es. He tenido mucha suerte. Los niños me siguen sin importar mi bando y mi tiempo en el circuito independiente me ayudó a pulir mi estilo y convertirme en lo que soy ahora.

—Están por hacer la presentación del combate. Una última pregunta. ¿Por qué rudo? Eres muy refinado para ser tan despiadado en el ring.

—La rudeza no está peleada con la elegancia. Si la gente quiere imitar a esos ídolos que llegan en shorts, con cangureras y zapatos, es su decisión. Yo tengo un compromiso con el público y siempre voy a estar lo más presentable posible.

—Amigos aficionados, este es el Conde Alexander, el Enmascarado de Terciopelo, quien en estos momentos sube al ring para hacer su debut en la Arena Catedral. Regresamos a la cabina.

—Gracias, señorita Salcedo, por esta gran entrevista. Siempre oportuna, siempre al pie del cuadrilátero, lista para llevarnos las impresiones de primera mano. Y vámonos a las acciones. Conde Alexander, Bombardero y el Padrino contra el trío técnico conformado por César Ramos, Duende y el Visir, quienes tienen mucha lona recorrida y seguramente serán una dura prueba para el debutante Conde Alexander. Y es precisamente el Enmascarado de Terciopelo quien se encarga de iniciar las acciones en contra del maestrazo de los encordados, César Ramos. Se van a la tradicional toma de réferi y rápidamente el Conde sorprende con un martillo al brazo; aprieta en su lance, pero Ramos gira hacia delante, con facilidad se quita el amarre y derriba al rudo aterciopelado. Fuerte presión a las rodillas de parte del técnico; contesta el Conde con un candado a la cabeza, pero Ramos, ni tardo ni perezoso, se zafa e impulsa a su enemigo contra las cuerdas y lo remata con patadas voladoras; se incorpora el Conde, sólo para recibir una segunda patada, ahora en la quijada. El técnico se engolosina, falla una tercera patada y esto lo aprovecha el rudo enmascarado para ponerles unos fuertes tirantes a los brazos. Vemos que al rudo le gusta la lucha clásica; aplica llaves que teníamos tiempo de no ver. Sin embargo, Ramos es un viejo lobo de mar y ya está incorporándose; aunque el Conde no lo suelta, César Ramos tiene recursos de sobra y aquí los demuestra con unas patadas de canguro invertidas que impactan en el estómago del Conde Alexander. El rudo se levanta y se lanza sobre su rival con un golpe de conejo que toma por sorpresa al maestrazo Ramos; el rudo no suelta a su oponente y aplica ahora una yegua voladora, seguida de una fuerte patada en la espalda.

★ ✦ ✦

Sé que están emocionados con la crónica, pero lamento decirles que los derechos de transmisión de esta lucha son propiedad de la televisora y no nos autorizan a seguir reproduciendo su narración (no son tan buena onda como los *Gladiatores*). Pero no se preocupen: yo les voy a contar qué pasó después.

Tras la patada en la espalda, César Ramos se molestó y quiso aplicarme la misma dosis, pero yo lo sorprendí cayendo de pie después de que me hiciera la yegua voladora y con un derribe japonés lo mandé a la lona. Durante unos cuatro minutos más nos trenzamos en un buen intercambio de llaves, hasta que lo tomé desprevenido con unas tijeras. En cuanto Ramos se incorporó, le puse unas patadas voladoras que lo mandaron fuera del cuadrilátero.

Me fui a mi esquina para dar el relevo a alguno de mis compañeros, pero el Duende entró al ring y me llamó:

—Déjame ver qué traes, chamaco.

No rehuí el reto. El Duende quiso rendirme en varias ocasiones con castigos a las piernas, pero pude salirme de todas sus llaves, hacerle algunas de las que me han enseñado el Caballero Galáctico y el Cordobés, y también le receté golpes al pecho y patadas en los muslos que lo dejaron muy adolorido. Después de seis minutos de lucha, me dirigí a mi esquina para dar el relevo, cuando el Visir me gritó:

—Falto yo, chamaco.

El Visir quiso sorprenderme con su estilo aéreo. Topes, tijeras, juegos de cuerdas. Por primera vez agradecí haber luchado tantas veces contra Golden Fire, pues sabía muy bien cómo neutralizar a un volador. Después de más de quince minutos en el ring, finalmente pude ser relevado por mis compañeros y me retiré a mi esquina para tomar aire.

No se crean que toda la lucha fue así. Conforme avanzaba la contienda, mis compañeros y yo hicimos gala de nuestras rudezas y pusimos a sufrir a los técnicos, cosa que molestó mucho al público. Por un momento creí que saldría con el brazo en alto, pues en la última caída logré rendir al Visir con una quebradora, pero el Duende me eliminó con una huracarrana. Todo quedó entre César Ramos y el Padrino. Al final, Ramos hizo gala de sus conocimientos y fama de maestrazo para arrancarle la rendición a mi socio con un volantín.

Ya en vestidores, mis compañeros y mis rivales se me acercaron y, uno a uno, de la manera más tierna (golpeándome en el pecho), me dieron la bienvenida a la empresa.

—Aguantaste la novatada; no cualquiera lo logra.

—¿Cuál?

—Fuiste el que más tiempo estuvo en el ring. Te dejamos solo a propósito, para ver si traías condición. Felicidades, muchacho, estás bien preparado. Sigue así.

Al salir de la arena alcancé a escuchar que unos aficionados comentaban:

—Pues le falta un poco de cuerpo al Condecito, pero se nota que es un rudo de los buenos, de los de antes.

Como no llevaba máscara, aproveché para meterme en la conversación.

—Ya hacía falta un luchador de verdad, ¿no? De los que sí son hombres y no payasos.

Para mi mala suerte, los aficionados voltearon:

—Y, sobre todo, que no sea presumido. ¿Qué es eso de hacerse promoción solito? Y además con la mala educación de meterse en pláticas ajenas.

—Perdón, papá, no te reconocí. Hola, mamá.

—Yo creo que debes ir al oculista, querido.

Al día siguiente, después de la comida, fui al gimnasio para platicarles todo al Caballero Galáctico y a Vladimir.

—Me hubiera encantado estar ahí; lamentablemente había mucha gente en la farmacia y no pude salir a tiempo.

—Ya vi el video de la lucha. Vas mejorando.

—¿Apenas voy mejorando, Vladimir?

181

—Te rindieron en la tercera caída; tenemos que trabajar para que no te eliminen tan rápido.

Sonó el teléfono y el Caballero Galáctico se alejó para tomar la llamada. Aproveché para cambiar de tema.

—Y hablando de eliminar, ¿cómo va esa timidez? ¿Ya le diste las flores y los poemas a Leonor?

El pobre Vladimir no pudo contestarme. En ese momento sonaron unas cuerdas, y por un instante tuve una gran sensación de paz. Hasta que identifiqué de dónde venía la música. ¡Karla estaba tocando la lira y al mismo tiempo obligaba a Golden Fire a recitar algunos versos!

—Llevan así toda la semana. Hasta me ofrecieron sus servicios para darle serenata a Leonor.

—No habrás aceptado, ¿verdad?

—Piden demasiado dinero.

—¿Sí sabes que yo te ayudaría gratis con la serenata?

—Quiero impresionar a Leonor, no ahuyentar a todos los gatos de la colonia.

—Lágrima vengadora, Súper Bebé, ¿quieren algún verso en especial? ¿Algo para conmover a la gente? ¿O les da miedo llorar delante de nosotros?

Esa niña es impredecible. Y lo peor era que tocaba muy bien la lira.

23

✦ VEO GENTE PECOSA ✦

Por primera vez desde que lo conozco, quiero pedirle algo muy especial al Caballero Galáctico: que me lleve al doctor. Estoy seguro de que me falla la vista… o de que estoy volviéndome loco.

Reconozco que me siento un poco presionado desde que debuté en la Arena Catedral, pero no es nada que no pueda manejar. La empresa sigue enviándome a luchar a Puebla y a Guadalajara, aunque ya no tan seguido. Donde no han dejado de programarme cada fin de semana es en las arenas del Centro y Catedral. Segundas y terceras luchas son los sitios que suelo ocupar en las carteleras. Hay compañeros que me tienen envidia; no me lo dicen directamente, pero lo noto en su trato: no me contestan el saludo, me esconden la maleta y encima del ring han intentado cargarme la mano (aunque esto último les ha costado mucho trabajo, pues les hago valer mi condición de rudo). Al parecer les molesta que siendo tan joven ya esté en el elenco de la empresa. Otros, en cambio, me apoyan, me dan consejos y hasta he hecho buen equipo con algunos en el cuadrilátero. Lo que está volviéndome loco es que en cada función veo a alguien con la máscara de Golden Fire, pero cuando intento acercarme para comprobar si se trata del chapulín atómico, no lo puedo encontrar.

—Cálmate —suele decirme el Caballero Galáctico—, estás imaginando cosas.

—Le juro que no, profesor.

—Ya viste que a la salida de las arenas donde te presentas no venden su máscara.

—Pero puede ser alguien que también vaya a la Tres Caídas…, suponiendo que no sea el propio Golden que quiere torturarme.

—Golden sigue luchando en la arena Tres Caídas los días que tú tienes función en la Catedral. No puede estar en dos lugares a la vez.

—¿Y si Karla tuviera algo que ver?

—Aunque es muy malévola, no es tan alta; sería imposible que la vieras entre el público. Y deja de distraerte: en el ring sólo debes tener ojos para tus rivales.

En casa todo va bien. Mi mamá continúa con sus críticas de cine, mientras mi padre insiste en dedicar las mañanas a confeccionar máscaras (ya se acuerda de ponerles orificios en la nariz para que quien las use pueda respirar) y desde hace un par de semanas sale todas las tardes a dar un paseo de casi cuatro horas, llega muy cansado y se va a dormir más o menos temprano.

—Hijo, ahora que tengas una mañana libre, te invito a desayunar. Hace tiempo que no platicamos y hay muchas cosas que contarnos.

—Seguro, papá.

—El mercado abre a las seis de la mañana; podemos aprovechar para ser los primeros clientes. Tú dime qué día puedes.

Ese hombre quiere llenarme de ojeras. Voy a dejar de ser el Conde Alexander y me convertiré en el Mapache Asesino.

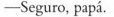

El día que se cumplió mi tercer mes consecutivo luchando en la Arena Catedral, me programaron en un duelo de parejas contra Tifón y Eric el Rojo. Mi compañero sería un debutante enmascarado llamado el Silencioso, que hacía honor a su nombre: era sordomudo. Subí nervioso al ring; no podría comunicarme con mi socio de ninguna manera, así que debía confiar en que era un buen gladiador que estaría atento para cuando me hiciera falta su ayuda. Cuando el anunciador nos presentó, tuve que hacerle señas para que saludara a la gente, y medio traté de explicarle con mímica cuál era nuestra esquina.

—¡Conde, Conde, Conde! ¡Rudos, rudos!

Qué lástima que el Silencioso no podía disfrutar de las porras. Sin embargo, lo que le faltaba de audición lo compensaba con un gran dominio del estilo rudo; no tuvimos ningún problema para acoplarnos. A quienes no les agradó nuestra rudeza fue a Tifón y a Eric; los pobres no pudieron meter ni las manos y les ganamos con facilidad. Rematamos la caída final con una de las llaves clásicas en las luchas de parejas: la estrella. Al terminar el combate, en vestidores, le di una nota a mi colega: "Eres muy bueno. Ojalá que sigamos haciendo equipo".

Mis deseos se cumplieron. A los programadores de la empresa les gustó cómo nos acoplamos y continuaron poniéndonos de compañeros. Ya fuera en la Arena del Centro o en la Catedral, Silencioso y Conde Alexander sembraban el terror entre los técnicos. Mi socio era tan rudo que me motivaba a dar el extra; me sentía como en mis inicios, cuando apaleaba a todo aquel que se burlaba de mí.

Algo que también había que admirarle al Silencioso era su disciplina y puntualidad: siempre que yo llegaba, él ya estaba en los vestidores, con la máscara y el equipo puestos, haciendo ejercicios de calentamiento o pesas. Después de saludarlo (a señas, claro), unas veces me ponía a leer poesía y otras lo acompañaba en su rutina de ejercicios.

Mi sociedad con el Silencioso llamó la atención de varias revistas que comenzaron una campaña para que fuéramos retadores al campeonato de parejas, que estaba en poder de los Hermanos Navarro. Logramos hilar una buena cadena de victorias, hasta que, nuevamente, tuve alucinaciones. Dondequiera que volteaba, veía aficionados con la máscara de Golden Fire. Trataba de ignorarlos, pero un día, en plena lucha, apareció mi ex rival en la pantalla de la arena:

—Condecito mío, terciopelito adorado, qué bien te ves en esta arena de tanta tradición. Sólo te hace falta un buen rival para que te baje esos humos. Pero no te

preocupes: pronto llegaré por ti. Te tengo preparadas un par de sorpresas.

Evidentemente me distraje con el video, y eso fue bien aprovechado por nuestros rivales, quienes nos ganaron con un cangrejo y una mecedora.

—Perdóname, pareja —le dije más tarde, en los vestidores, al Silencioso, deseando que supiera leer los labios—. Esa lombriz está obsesionada conmigo y quiere volverme loco. Lo más seguro es que su entrenadora, una niña salida del quincuagésimo círculo del infierno, lo esté aconsejando. No aceptan que ya los superé.

Mi compañero asintió, sacó una lata de atún de su maleta y me la dio. Debo aprenderme el alfabeto de señas.

✦ ✦ ✦

—*Titanes* presenta: "Entrevista con Golden Fire".

—¿Otra vez un video de *Titanes,* Vladimir?
—Éste te conviene verlo.

—Golden Fire, hoy estabas programado para disputar el cetro wélter del Estado de México y convertirte así en doble campeón, pero el médico no te permitió pisar el cuadrilátero. ¿Qué pasó?
—Así es. Por desgracia tengo una lesión en las costillas y hoy, antes de subir a disputar el cinturón, en el último chequeo médico, el doctor de la arena determinó que no estaba en condiciones de luchar. Ni modo, no me queda más que felicitar a Jungla

García, quien subió de emergente y con tan buena fortuna que le ganó a Millennial y se convirtió en el nuevo campeón. Felicidades, Jungla. Ahora que me recupere, quiero que me des una oportunidad por el cinturón.

—¿Cuál es tu situación con el campeonato nacional wélter?

—Sigo siendo el monarca. Ya hablé con el comisionado y me dijo que, como en esa lucha no estaba en juego mi cinturón, continúo como campeón. Eso sí, ahora tengo que exponerlo contra quien determine la Comisión de Lucha, una vez que regrese a los cuadriláteros. No sé quién sea el retador oficial, pero me prepararé para defender el campeonato.

—¿Cuánto tiempo estarás fuera de acción?

—Unos dos meses; todo depende de cómo evolucione con la terapia. Por cierto, aprovecho tus cámaras para ofrecer disculpas a los aficionados. Ustedes saben que a Golden Fire no le gusta dejar plazas tiradas, pero la salud es lo primero.

—Ahí está; no tienes por qué preocuparte por Golden.

—¿Y el video que puso en la arena?

—Sólo intenta hacerse notar. Está desesperado; sabe que sin ti no es nadie.

—Quisiera creerte, Vladimir, quisiera creerte.

24

✦ ¿ME EXTRAÑASTE? ✦

—Patrón, ¿Golden Fire ya pertenece a la empresa?

—No sé de qué hablas, muchacho. No hemos firmado a ningún nuevo elemento. El Silencioso fue el último al que contratamos.

—La lucha de la semana pasada la perdimos por culpa de ese video de Golden Fire.

—Estamos averiguando qué pasó; aún no descubrimos cómo fue que alguien pudo usar las pantallas. Pero deberías alegrarte. Si Golden Fire viene aquí a retarte, te conviene que lo contratemos.

—¿Convenirme que la lagart..., que Golden Fire esté aquí?

—A la gente le gustó mucho esa rivalidad cuando estabas con los independientes. Aquí podríamos explotarla muy bien; tendrían proyección a nivel nacional.

Afortunadamente me callé a tiempo. No era aconsejable pelear con el dueño de la empresa, y menos cuando mi carrera estaba despegando. Lo único malo era que las tácticas de acoso del palillo volador resultaban muy efectivas. Todos los días, en mi teléfono había notificaciones de que Golden me había etiquetado en posts de Facebook y en videos en los que me amenazaba. Mis luchas en las arenas de Puebla y Guadalajara habían sido interrumpidas por videos de mi rival, y ahí también comencé a ver su máscara por todos lados.

Los videos siempre acababan con la misma frase: "Te tengo un par de sorpresas preparadas".

—¿Qué quiere decir con eso? —preguntaba en casa.

—Mi entender, joven maravilla —dijo Tetsuya, que estaba conmigo en la sala, mientras mi abuelo había ido al baño—, es que enmascarado dorado volador le tiene un par de sorpresas preparadas.

—Sí, seguro es eso.

Mi abuelo regresó justo a tiempo y dijo algo que sonó verdaderamente conmovedor, pero en japonés, y Tetsuya no cumplió con sus funciones porque se había llenado la boca con un par de tacos de canasta.

—Hijo —apareció mi padre; se veía algo cansado—, recuerda que tenemos pendiente el desayuno. Quiero contarte algo.

—Sí, papá, puede ser...

Tetsuya no me dejó terminar porque comenzó a ahogarse con un taco. Entre todos logramos que expulsara el bocado. Lo malo fue que, cuando le ofrecí una botella de refresco, me equivoqué y le di la de salsa. El grito se escuchó hasta en la azotea del edificio de enfrente. Mi abuelo sólo sonreía... No es cierto; se estaba carcajeando, al igual que mi papá... y yo.

✹ ✹ ✹

—¡Máscaras, máscaras! ¡Lleve sus máscaras para la función!

—¡Chicles, dulces, pepitas! ¡Lleve sus dulces con el programa!

—¡Viene, viene! ¡Viene, viene! ¡Aquí hay lugar!

Llegó el viernes y pintaba para ser una muy buena función. La gente estaba haciendo fila en las taquillas desde temprano. Algunos aficionados me reconocieron en la entrada de la arena y me pidieron autógrafos. El mejor momento fue cuando uno de ellos me extendió una máscara mía para que se la firmara.

—¿Y ésta de dónde salió?

—La compré en el puesto.

—¿Ya tienen máscaras mías?

No pude ocultar mi emoción; era una señal de que el público me estaba aceptando.

—Sí, están en el puesto de aquí a la vuelta. Y también tienen de Golden Fire. ¿No sabes cuándo va a luchar aquí?

—Pues luchar, lo que se dice luchar, el pobre nunca lo ha hecho.

Mi respuesta hizo reír al aficionado. Le firmé la máscara (con dedicatoria para Wagner Pimenta) y me metí a la arena. Al llegar a los vestidores encontré al Silencioso.

—Pareja, hoy es nuestra gran oportunidad. Si vencemos a los Hermanos Navarro podremos retarlos por el campeonato.

Acompañé mi frase con unas señas muy básicas (Vladimir me descargó algunos tutoriales de lenguaje de sordomudos). El Silencioso sólo asintió, sacó de su maleta un rollo de papel de baño y me lo ofreció.

—Olvídalo, seguramente no marqué bien el punto y seguido.

* ✦ ✱

Después de la segunda lucha de la función (un muy buen mano a mano femenil entre The Sunflower y la estadounidense Peggy Sue, el cual ganó esta última), llegó nuestro turno. En cuanto hicimos nuestra aparición, la gente nos dedicó una ovación, pero no se comparó con la que recibieron los Hermanos Navarro, verdaderos ídolos; no en balde son los campeones.

—Pareja, no dejes que los Navarro te intimiden. Son buenos, pero nosotros estamos bien preparados.

Esta vez no traté de decirlo con mímica; sólo le di una palmada en la espalda.

Sonó el silbatazo y empezó la lucha. Desde el principio busqué medirme con el Chino Navarro, pues tenemos peso y estatura similares, y a los dos nos gusta la lucha a ras de lona. El muy condenado no me rehuyó el combate y pronto empezó a aplicarme varias llaves. Yo me sentía nervioso y no podía responderle con la contundencia que hubiera deseado. Rompía cada llave que yo le hacía y luego me ponía una más fuerte. Afortunadamente, cuando estaba a punto de rendirme entró el Silencioso para romper el castigo. Chacho Navarro se enojó y se metió para darle un fuerte raquetazo a mi colega, quien no se arrugó y le contestó con unas patadas a los muslos. Yo no me quedé atrás y con un látigo irlandés, seguido de un tope al pecho, mandé al Chino fuera del encordado. De inmediato fui a apoyar al Silencioso y entre los dos castigamos al Chacho. La gente estaba muy emocionada.

El ataque al dos contra uno sobre los Navarro fue muy efectivo y les ganamos la primera caída. Eso nos dio confianza. En la segunda nos vimos todavía más rudos; no obstante, como es muy difícil controlar a dos luchadores de la calidad de nuestros oponentes, antes de que nos diéramos cuenta ya nos habían revirado y tenían el control de las acciones. Con fuertes crucetas invertidas a las piernas nos arrancaron la rendición y varios gritos (a mí; el Silencioso nada más daba manotazos en la lona).

Llegó la tercera caída. El Silencioso entró al ring para medirse ante el Chino. Buena idea de mi pareja, cambiar de rival para sacarlos de ritmo. Yo trataba de jalar aire y de repente empecé a ver máscaras de Golden Fire por todos lados.

"Relájate, ya te dijeron que las están vendiendo aquí afuera."

Chacho entró para apoyar a su hermano y yo hice lo propio. Dos contra dos. La gente no sabía para dónde voltear. En eso, la pantalla se encendió.

—Hola, lagrimita aterciopelada. ¿Me extrañaste? ¿A poco pensaste que te iba a dejar solo? Ya te dije que te tengo un par de sorpresas, y es hora de que te dé la primera.

Por la pasarela apareció el mequetrefe de Golden Fire. La gente gritó emocionadísima. El Silencioso y yo nos quedamos quietos, y eso lo aprovecharon los Navarro para derribarnos y ganarnos la lucha con castigos a brazos y piernas. Ahí se esfumó la oportunidad de retarlos por el campeonato de parejas. Golden Fire comenzó a bajar los escalones. Los Navarro abandonaron el ring y se fueron a los vestidores, victoriosos. Golden se detuvo a la mitad de la escalera; no hacía más que señalarme. Furioso, le quité el micrófono al anunciador y encaré a mi pecoso némesis.

—¡Meticbe! ¿Quién te invitó a esta fiesta, Golden Fire? Nos arruinaste la lucha a mi pareja y a mí; esto lo vas a pagar muy caro.

Por toda respuesta, Golden retrocedió un par de escalones.

—No seas cobarde, lagartija. ¿O ya recordaste cómo te apaleaba cuando estaba con los independientes? Todavía puedo hacerlo. Baja si te atreves.

Golden estaba quieto; su dedo seguía apuntándome. Mi cabeza era un hervidero.

—¿No me ibas a sorprender? Aquí estoy, a tus órdenes.

Y le di el micrófono al Silencioso. Si Golden no se atrevía a subir al ring, yo iría por él. Di un par de pasos en dirección a la pasarela.

Y entonces ocurrió todo.

—¡Sorpresa!

¿Quién había dicho eso? Volteé asombrado. "Esa voz. ¿Fuiste tú?" El Silencioso aventó el micrófono, se abalanzó sobre mí y comenzó a golpearme. Yo no sabía qué estaba pasando hasta que mi ex socio se quitó la máscara, debajo de la cual se encontraban la capucha y la mirada cínica de Golden Fire.

25

✦ AL FIN UNA BUENA NARRADORA ✦

¡Sí, sí, sí! ¡Soy genial! ¡Sabía que mi plan maestro no fallaría! ¡Pobre Conde de segunda clase, nunca la vio venir! ¡Se quedó mudo, como el Silencioso! ¡Aaaaaah, soy fantástica! Me hubiera encantado ver la cara del niño maravilla cuando Golden se quitó la máscara del Silencioso. Qué lástima que al niño bonito de Vladimir no lo dejan salir después de las ocho, y mucho menos a una arena de lucha libre. Pero seguramente ya vio el video en YouTube más de diez veces. Si hasta *trending topic* fuimos. #SilenciosoyGoldensonunomismo. Simplemente hermoso.

Al Caballero Galáctico ya lo tengo controlado. El pobre no tiene idea de lo que pasa con sus recetas. Ya me imagino su cara cuando se dé cuenta de que conozco la combinación de la caja fuerte donde guarda sus medicinas.

El Conde Alexander ya está contra la lona. Yo creo que no ha dormido bien en mucho tiempo. Qué ingenuo fue al suponer que ya se había librado de nosotros sólo porque entró a la empresa. ¡Nadie se escapa de Karla la Domadora de Leyendas! Yo decido cuándo salen de mi vida, no al revés. Pobrecito luchador de terciopelo, pensó que había conseguido un amigo. Cómo sufría cada vez que aparecían los videos. Reconozco que tuvimos suerte, porque a varios aficionados les gustó la máscara de Golden Fire y la compraron (la verdad, me lucí con ese diseño); nunca calculé que tantos la llevarían puesta esa noche. Eso creó un ambiente perfecto. Y todavía falta la segunda sorpresa. Ya me imagino qué cara pondrá. Pero aún no es el momento.

Y mi querido Golden Fire, cuánto ha padecido con mis clases de rudeza. Pero todo valió la pena. Ahora hay que guardar al Silencioso en un cajón, mientras Golden y yo les demostramos al terciopelito y a Super Bebé que a nuestro lado no son nada. Ya todo está arreglado. Al promotor no le quedó más que aceptar mis condiciones. Golden Fire ya está en la empresa, listo para ganarle al Conde dondequiera que nos programen. La arena Tres Caídas es buen lugar, pero ahora es tiempo de conquistar grandes empresas. ¡Nadie crea mejores personajes que yo! ¡Nadie entrena mejor que yo!

Y que se cuide el bonito de Vladimir, porque a él también le tengo una sorpresita.

★ ★ ★

Nota del Conde Alexander: La única razón por la que permito que aparezca el testimonio de Karla es que no había otra manera de convencerla de que nos devolviera sana y salva a la señorita editora. A partir de este momento, y por lo que resta del libro, sólo yo decido qué entra en sus páginas.

Bueno, la señorita editora también tiene voto.

25½

★ CERO Y VAN DOS ★

—No puedo creerlo. Segunda vez que Golden Fire me deja con el ojo de la máscara cuadrado. ¿Cómo pude ser tan bruto?

—Nos engañó a todos. Debí haber sospechado algo cuando Karla se empeñaba en enseñarle a ser rudo. Te fallé.

—No te mortifiques, Vladimir. Nos sorprendió, pero ya no puede volver a hacerlo. Ahora tiene que atacar de frente.

—Voy a hablar con mi tío para que ya no los deje entrar al gimnasio.

—¿Y si lo demandan? El dúo nefasto pagó varios meses por adelantado. Mejor vamos a trabajar. El mequetrefe de oro ya no es un simple brincador; tendremos que planear nuevas estrategias.

Vladimir y yo nos despedimos. Mi petit máster prometió que estudiaría todos los videos de Golden en su faceta del Silencioso, para darnos idea de cuánto ha mejorado. Esa noche no pude dormir mucho. Para relajarme, me la pasé viendo tutoriales de arpa en YouTube, hasta que mis papás me pidieron que le bajara a la música o me pusiera audífonos. Apagué la computadora y me puse a leer poemas durante un rato, hasta que finalmente me venció el sueño.

★ ✦ ✦

—Qué raro, no recuerdo haber dejado esta máscara fuera de la maleta.

—No es tuya.

—¿Cómo que no, papá? Es mi diseño y es de terciopelo. Mira su hechura; se nota que no es de las que venden a la salida de la arena.

—Quiero decir que no es una de las que usas para luchar. La terminé anoche.

—¿Tú la hiciste? Pero si quedó muy bien. Hasta me la puedo poner sin que me ahorque.

—¿Y por qué no me quedaría bien? Algún día tenía que conseguirlo.

—Perdón, papá. No quise decir eso.

—No me ofendo; las primeras máscaras no me salían bien. Pero, ahora que he mejorado, espero que un día quieras luchar con una máscara hecha por mí.

—Por cierto, papá, no se me olvida el desayuno pendiente.

No pudimos seguir la plática, pues en ese momento sonó el teléfono: era Tetsuya, quien nos avisaba que mi abuelo se había encariñado con el gato de los vecinos y no quería devolverlo. Tuvimos que ir a su casa para convencerlo de que no podía quedárselo.

★ ★ ★

Gladiatores presenta: "Entrevista al Conde Alexander".

—Conde Alexander, cuando parecía que ya había quedado atrás tu rivalidad con Golden Fire, él te sorprendió viniendo a atacarte en tu nueva casa.

—Sí. Debo reconocer que Golden cumplió su amenaza. Me tomó desprevenido, no puedo negarlo. Pero te voy a decir algo: me da mucho gusto que haya decidido buscarme. Eso habla de cuánta falta le hago. Sin mí, él no es nada. Y escúchame bien, lagartija dorada: yo no soy escalón de nadie. Te metiste conmigo y vas a pagar las consecuencias.

—La empresa ya anunció que Golden Fire se queda en su elenco.

—Me alegra. Ahora tendrá que luchar contra mí de frente, sin trucos sucios. Golden Fire, demuéstrame que aprendiste algo en estos meses.

—¿Hasta dónde quiere llegar el Enmascarado de Terciopelo con esta rivalidad?

—Golden tiene algo que a mí me interesa: el campeonato nacional wélter. ¿Y sabes algo, frijol saltarín encapuchado? Fíjate bien en las listas de la Comisión. Soy el retador número uno al cinturón.

✦ ✦ ✦

Así como los *Gladiatores* me buscaron para entrevistarme, otras revistas publicaron notas acerca de mi reencuentro con Golden Fire. Fuimos portada en un par, mientras que otras dos nos dedicaron varias páginas (a color).

Lugar donde nos presentábamos, lugar que se llenaba. Puebla, Guadalajara (menos mal que nos mandaban en camiones separados), la Arena del Centro, la Arena Catedral. En un mes nos enfrentamos mínimo tres veces por semana. Ya fuera en luchas de parejas o de tríos, Golden Papanatas y su servidor nos robábamos la atención de los aficionados. Algunos apoyaban al técnico y otros estaban de mi parte. Vladimir no se daba abasto con el Facebook del Conde, aparte de planear nuevas estrategias y rutinas de ejercicios, los cuales complementaban las enseñanzas del Cordobés y del Caballero Galáctico.

Y después de ese mes en el que me topé a la lagartija hasta en la sopa, llegó el ansiado mano a mano en la Arena Catedral y en lucha semifinal. Todos esperaban un agarrón de alarido y no decepcionamos a la gente. El resultado de la lucha fue empate por doble descalificación, y es que en la tercera caída los ánimos se calentaron tanto que no nos conformamos con rompernos las máscaras: yo se la arrebaté a Golden y él hizo lo mismo conmigo, prácticamente al mismo tiempo. Ambos terminamos en la lona, tratando de cubrirnos el rostro. El réferi decretó el empate. Como pude, estiré la mano y agarré la

que creí mi capucha, pero resultó ser la del enclenque volador. Claro que en ese momento lo importante era ocultar mi rostro. Molesto, pedí el micrófono.

—¿Qué es lo que pretendes, Golden? Ya te demostré que de hombre a hombre no me ganas. No le juegues al rudo porque conmigo no vas a poder. Y de una vez te digo que quiero una oportunidad por el campeonato de peso wélter.

Y le aventé el micrófono, a ver si tenía el valor de responderme.

—¡Jajaja! Ay, Conde de Terciopelo, con mucho gusto te doy esa oportunidad. Si quieres, que sea aquí, la próxima semana. Y dices que de hombre a hombre no te gano, pues ¿qué crees? Tú serás muy Conde, pero te falta mucho para ser varón.

Eso fue el colmo. Me lancé sobre él y no dejé que dijera nada más. Tuvieron que entrar los guardias de seguridad para separarnos y llevarnos a los vestidores.

26

★ ¿LO QUIERES? ¡LO TIENES! ★

El Cordobés estaba muy enojado conmigo. Al día siguiente de mi altercado con Golden Fire, una vez que terminó el entrenamiento, me llamó a su oficina.

—Que sea la última vez que reaccionas así. Ese no es comportamiento para un ring.

—Lo siento, profesor. Golden me sacó de mis casillas con eso que dijo.

—No entiendo por qué. Muchos luchadores se dicen cosas peores y no se andan agrediendo como callejeros.

—¿Me van a castigar?

—No estamos en la escuela. Lo admito, si por mí fuera, los suspendía a ambos mínimo dos semanas. Pero a la gente le está gustando el pique y eso tiene contento al patrón. Y se les va a programar la lucha que quieren. Más les vale que no nos hagan quedar mal.

—¿Quiere decir…?

—No hagas pausas como si fueras escritor de novelas baratas. Sí, vas a disputarle el campeonato a Golden Fire este viernes. Felicidades, tienes tu primera lucha estelar en la Catedral.

—¡...!

—Y más te vale que no grites en mi oficina, si no quieres que ahora sí te haga la cordobesa.

Tuve que aguantarme hasta que llegué al gimnasio del Caballero Galáctico. Por fortuna, Golden Babas y su celadora no estaban. En cambio, mi petit máster ya había llegado.

—¡Aaaaaaaaaaahhhhhhhhh!

El Caballero Galáctico salió de su oficina con un extintor.

—¿Dónde está el fuego?

—No, profesor. Lo que pasa es que ya me dieron la oportunidad de apagar al flamitas doradas. Adivine quién va a luchar por el campeonato nacional de peso wélter este viernes en el encuentro estelar de la Arena Catedral. ¡Aaaaaaaaaaaaahhhhhhhhh!

—Tenemos que entrenar duro. ¿Cómo está tu agenda esta semana?

—Su sobrino ya la está revisando en su celular. Me trae bien checadito.

—¿Eh? ¿Yo qué? —dijo Vladimir, distraído—. Perdón, le estoy contestando un mensaje a Leonor.

—Qué bien. Ya eres todo un rompecorazones.

—No. Me pidió que le dijera a mi mamá que ya encargaron el gas para el edificio. Sólo me escribe para cosas como ésa.

"¡Ay, Vladimir! Aunque sabes tanto de lucha, te falta aprender muchas cosas."

—¿A dónde va, profesor?

—Al doctor, para que me revise el oído. Creo que me dejaste sordo con tus gritos. Nos vemos mañana.

—¿Hasta mañana?

—Karla se encargó de que corrieran al médico de la farmacia que está a la vuelta, y el nuevo doctor siempre tiene mucha gente. De seguro saldré del consultorio algo noche. Vladimir, cierras el gimnasio, por favor.

Una vez que se fue el Caballero, cambié el tema con mi petit máster.

—¿Ya le llevaste las flores y los poemas a Leonor?

—No me atrevo.

—Ya bailaste con ella, ya te invitó al cine, te manda mensajes. ¿Por qué no le das los poemas?

—Tengo muy mala letra. No se entiende lo que escribí.

"Esto va a requerir tanto entrenamiento como el que yo necesito para la lucha de campeonato."

★ ★ ★

En casa, la reacción fue más bien moderada. Mi abuelo dijo algo muy sabio, pero no lo entendimos porque Tetsuya lloraba conmovido con una telenovela y no nos puso atención. Mi madre y mi tía murmuraron algo parecido a "una semana más sin ese instrumento del demonio", y en voz alta me felicitaron y me desearon suerte. Mi padre fue el más sereno.

—Golden ya te sorprendió dos veces. Tienes que estar muy concentrado en esta ocasión.

—Lo sé, papá. Ojalá pudieras entrenarme para la lucha.

—De eso he querido hablarte, hijo. Me hicieron una oferta para…

Y en ese momento sonó un rayo, comenzó a diluviar y nos quedamos sin luz. Fue muy difícil calmar a Tetsuya

y a mi abuelo, a quienes les dio un ataque de pánico y gritaban algo como "nos rendimos, nos rendimos". Algún día tendrán que platicarnos todo lo que vivieron en Japón.

A partir del día siguiente, todas las madrugadas de esa semana (¡qué raro!) el Exterminador me puso rutinas para que no me fallara la condición física. No quiso meterse con las enseñanzas del Cordobés, pues opinaba que podría confundirme y eso sería contraproducente. Al menos podía ejercitarme en casa y no tenía que salir a la fría calle. No hubiera sido de muy buena educación luchar con gripa.

Sé que dije que no dejaría que Golden Fire y Karla me sorprendieran de nuevo, pero no me gusta la guerra psicológica que esos dos se traen contra mí. Por alguna razón, dejaron de ir al gimnasio del Caballero Galáctico. No es que me importe, pero ya tenía trazado un plan para ir a entrenar sin topármelos, y ahora resulta que me los encuentro en el estacionamiento de la Arena Catedral cada vez que salgo de mis clases. Sólo se me quedan viendo de arriba abajo, se ríen entre ellos y entran en la arena. Lo que más me asombra es que dejen pasar a Karla, cuando se supone que a esas horas el lugar no está abierto al público.

Para mi buena fortuna, sigo teniendo mucho trabajo, y apenas termino de comer, parto para luchar. Esta semana todos mis compromisos fueron en la ciudad, cosa que me favorece, pues de lo contrario llegaré agotado a la lucha de campeonato. Ayer, por ejemplo, fue un día muy especial: me tocó ir a la arena Tres Caídas y le puse una paliza tremenda a la Garra. Ya extrañaba la forma como se enoja la gente de ahí.

Lo que no deja de asombrarme son las redes. Varios aficionados comparten los posts de *Gladiatores*, *Titanes* y demás medios, con la cartelera del viernes. Ahí aparecemos la lagartija de fuego y un servidor encabezando el programa.

✳ ✳ ✳

Amigo, sé que ahorita no hay nada más importante que la lucha de mañana, pero me gustaría platicar contigo el sábado.

Me estás asustando, Vladimir.
¿Todo bien?

Demasiado bien. Tiene que ver con Leonor.

¡Uyyyyyy!

¡Yaaaaaaa!

¡Jejejejeje!

Es que desde el lunes, todos los días amanece una flor fuera de la casa, con una nota:
"Para el maravilloso Vladimir".

¡Uyyyyyy!

¡No te burles!

Perdón, fue la emoción.
Qué bueno que ella tenga la iniciativa
de mandarte flores.

Ahora sí necesito tu apoyo urgentemente.

Dime.

Quiero enviarle una nota de agradecimiento y un poema, pero con buena letra.

No se diga más. Pidámosle ayuda a mi tía. Es la que mejor escribe de la familia.

Gracias.
Y suerte mañana. Si sigues mis indicaciones, no deberías tener problemas.

Vladimir, no me has mandado nada.

Ay, qué bruto. No le di send.
Es que me distraje viendo las flores.

¡Uuuuyyyyyyyy!

¿Y no te gustaría que le lleváramos serenata? Puedo llevar el arpa.

¿Vladimir?

¿Vladimir?

¿Vladimir?

Chamaco ignorante, no sabe de música.

27

★ UN ENCUENTRO DE CAMPEONATO ★

Pasen, pasen. No se fijen en el tiradero. Así son los vestidores de las arenas. ¿O se imaginaban que teníamos mayordomos, bocadillos y demás? Para nada. La verdad es que, como a veces andamos con mucha prisa, no tenemos chance de dejar todo muy ordenado que digamos.

Vaya lucha, ¿no creen? Terminé agotado… ¿Cómo que no la vieron? ¿No estaban entre el público? ¿No encontraron lugar? Sí, a mí también me sorprendió que en las taquillas de la arena hubieran puesto el letrero de "Boletos agotados". No es algo que ocurra con frecuencia. Si quieren métanse a Facebook o a Twitter; de seguro alguien ya posteó el resultado.

Está bien. Yo mismo les diré qué pasó.

Era una noche oscura y tormentosa. Los luchadores que participaríamos en la función teníamos miedo de que nos tocara una arena a media capacidad, en el mejor de los casos. Para nuestra buena suerte, una hora antes de iniciar la función, la lluvia cesó y la compañía de luz arregló el alumbrado de la colonia. Poco a poco comenzó a llegar la gente. No sé de dónde salieron tantos aficionados pero, como bien saben, la arena se llenó. La primera lucha de la velada dio inicio en punto de las ocho y media. Cuando terminó ese combate, me dirigí al vestidor rudo y me puse mi equipo. Quise relajarme leyendo un rato, pero no podía concentrarme. Mi celular sonó. Mensaje de Vladimir: "Suerte esta noche. Acuérdate de calentar bien antes de subir al ring. Ya me conecté a YouTube para ver la función". El teléfono sonó de nuevo. Mensaje del Caballero Galáctico: "Hazle caso a Vladimir. En un rato llego a casa a ver la lucha. Hay dos por uno en la farmacia".

El señor que recoge las capas antes de que comience cada lucha entró al vestidor para dejar las de los compañeros. Se me acercó tímido.

—Conde, tengo que disculparme con usted.

—¿Por qué?

—El día que el Silencioso lo traicionó, yo fui quien salió disfrazado de Golden Fire.

Mi cabeza empezó a hervir, pero no podía darme el lujo de alterarme.

—¿Por qué lo hizo?

—Me obligaron. Karla siempre acosa a mis hijos en la escuela. Todos los días les hace algo. Les esconde la tarea para que los maestros los regañen. Descompone los semáforos para que siempre nos toque el rojo y no lleguemos a tiempo a clases. Y les aplica llaves en los descansos. El cangrejo es una de las que mejor le salen. La única manera de que los dejara en paz era haciéndome pasar por Golden Fire esa noche.

—No sabía que tenía hijos, señor.

—Sí, el mayor cursa el cuarto semestre de derecho y el menor acaba de entrar a estudiar actuaría.

Antes de que pudiera decirle algo más, el señor se disculpó de nuevo y abandonó los vestidores. Estuve a punto de detenerlo, pero lo pensé mejor. "Serénate. Es una estrategia de los nefastos para distraerte."

Me fui al gimnasio de la arena para calentar un poco. Me topé con Peggy Sue y The Sunflower, quienes en un español malo (pero mejor que el de Tetsuya) me desearon suerte. Para cuando comenzó la semifinal, yo ya había terminado el calentamiento y me encontraba en el vestidor. Me abroché la máscara, me puse la capa y me senté a repasar los apuntes que me había enviado Vladimir. No pude concentrarme mucho, pues varios de mis compañeros pasaron a desearme suerte. Lo siguiente que escuché fue la voz del encargado de logística de la función:

—Lucha estelar, es su turno.

Antes de que pudiera salir, el Chino Navarro entró al vestidor.

—¿Ya tienes sécond para la lucha?

—No. Pensé que el patrón me asignaría uno.

—Tú puedes escogerlo. Si estás de acuerdo, quisiera ser yo. No me gustó cómo te traicionaron, y además demostraste que estás bien preparado.

—Será un honor que estés en mi esquina.

El pasillo que recorremos desde los vestidores hasta la entrada del ring es corto, pero en esa ocasión se me hizo eterno. Sonó la música con la que me presentan, me dieron la señal e hice mi aparición. Un grupo numeroso comenzó a corear mi nombre. Las luces se apagaron. La música cambió. En la pantalla se veía fuego, y Golden Fire salió de detrás de las cortinas.

Tras el anuncio de la contienda y luego de que posáramos para la foto oficial, fui una última vez a mi esquina e hice un par de flexiones. Miré a donde sabía que estaba mi familia y, una vez que sonó el silbatazo, caminé con calma hacia el centro del ring. Cuando buscaba la toma de réferi, Golden Fire me tomó desprevenido con unas tijeras a la cabeza. Me incorporé y sentí el impacto de unas patadas voladoras que me enviaron fuera del cuadrilátero; acto seguido, el técnico tomó impulso, se lanzó en tope entre la segunda y la tercera cuerda, y me dio en pleno pecho; casi me saca el aire. Regresé al ring y mi rival de inmediato se me subió a los hombros, y con movimiento de sarape y tijeras nuevamente me mandó a la lona. Por más que lo intentaba, no lograba atrapar al brincador, que cada tanto me engarzaba y enviaba al otro lado del ring, haciéndome rebotar en las cuerdas. Después de una serie de giros sobre mi cuerpo, Golden se sentó en mis hombros, se impulsó hacia delante y, antes de que pudiera evitarlo, me aplicó una mecedora. El dolor en los brazos era mucho y preferí rendirme antes de que me lastimara más.

—Vas muy bien —me dijo el Chino Navarro en mi esquina.

—¿Qué lucha estás viendo?

—Mantenle el ritmo; se va a cansar rápido. Administra tu aire y estate atento para sorprenderlo.

Sonó el silbatazo que anunciaba la segunda caída. Golden Fire salió disparado, presumiendo de nueva cuenta sus dotes aéreos. Me traía loco con sus látigos, patadas, golpes de antebrazo. Me aplicó un tope en reversa desde la segunda cuerda y me conectó en la quijada. Quedé en la lona, prácticamente inmóvil, pero el muy fanfarrón, en lugar de plancharme y acabar con la contienda, se subió a una esquina y empezó a festejar antes de tiempo. Giré hacia mi derecha y lentamente me puse en pie.

Antes de que me diera cuenta, Golden estaba otra vez sobre mis hombros. Supe que ese era el momento para sorprenderlo, tal como había dicho el Chino Navarro. Me dejé caer hacia atrás y eso hizo que Golden se llevara un fuerte golpe en la espalda. Sin darle tiempo a levantarse, le sujeté las piernas y le apliqué la cruceta del Enfermero. Golden no resistió y se rindió. No habían pasado ni cinco minutos y ya había logrado empatar.

Tercera caída. Ahora era mi turno de sorprender. Me fui sobre Golden y lo sujeté con toma de réferi, cambié el movimiento por un candado y luego lo hice tropezar. Tenía mucha razón el Chino: mi rival estaba cansado y yo debía aprovecharme de ello. Llaves a las piernas, alejarlo de las cuerdas, tirantes a los brazos; todo lo que Vladimir me había sugerido funcionaba a la perfección.

Golden Fire, debo reconocerlo, encontraba la manera de zafarse, pero aún no tenía tanto dominio de la lucha a ras de lona, y las llaves que me aplicaba no eran tan contundentes como las mías: no tenía problemas para salirme de ellas. Entonces caí en cuenta de una cosa: Karla es menor de quince años. Por seguridad, la empresa no le había permitido sentarse en las primeras filas y, por mucha fuerza que tuviera en los pulmones, su pupilo estrella no podía escuchar sus indicaciones. Decidí sacar ventaja de eso. Proyecté a Golden contra las cuerdas y lo recibí con tope al pecho. La peca dorada se levantó, pero yo ya estaba lanzándole el segundo tope. ¿Querías sorprenderme, flamitas? Pues ahora el que da las sorpresas soy yo.

El Conde Alexander también sabe volar, cortesía de Aerolíneas el Cordobés. Tijeras voladoras, a la usanza antigua, y para rematar, antes de que mi enemigo pudiera reaccionar, la llave de la casa, la de los grandes triunfos del Exterminador: tijeras combinadas con palancas a los brazos, estaca a la pierna y castigo al cuello. (Ay, papá, ¿por qué no le pusiste nombre a la llave?)

—¡Habla, Golden Fire! ¿Te rindes? —preguntaba el réferi.

—¡No!

—¡Pregúntale, réferi!

—¡Dice que no, Conde!

—¡Pregunta de nuevo! —y apreté más los brazos.

—¡Bueno, bueno, bueno! —empezó a gritar Golden Fire.

El réferi brincó, extendiendo los brazos.

—¡Se acabó!

Lo había logrado. Esta vez Golden no pudo sorprenderme y yo cumplí mi venganza. ¡Le había quitado el campeonato!

El comisionado subió y me entregó el cinturón. Nunca pensé que pesara tanto, pero qué bonito se siente tenerlo y que la gente te grite "Campeón". El Chino Navarro estaba a mi lado, pidiendo aplausos para mí; después me subió en hombros y comenzó a dar la vuelta al ring. Fue entonces cuando vi a mis padres, a mi abuelo (con Tetsuya) y a mi tía. No pude contener la emoción y dejé salir algunas lágrimas. Golden Fire lo notó y le arrebató el micrófono al anunciador.

—Bravo, bravo, condecito mío. No voy a poner pretextos: me ganaste a la buena. Felicidades, ya tienes el cinturón. Pero tú tienes algo que yo quiero, así que te pido una revancha, ¡máscara contra máscara! ¿O tienes miedo? ¿Vas a ir llorando a casa para que no te quite ese trapo de terciopelo?

Me aventó el micrófono. Escuché cómo el Chino Navarro me decía: "El campeón es el que pone las reglas", pero mi boca me traicionó antes de que pudiera pensar mejor las cosas.

—Acepto el reto.

★ ✦ ✦

Y hasta aquí va mi historia. Como se habrán dado cuenta, falta mucho por contar. Si la señorita editora lo permite, pronto podrán leer el nuevo libro, con más fascinantes aventuras, y enterarse de quién saldrá victorioso en la lucha de máscara contra máscara entre el fabuloso, hermoso, poderoso y modesto Conde Alexander y (el insufrible, tramposo y no tan bonito como yo) Golden Fire.

Por cierto, dice la señorita editora que estoy mejorando en mi escritura y que en esta ocasión sólo tuvo que cambiar todas las palabras y signos de puntuación.

✦ NO CANTES VICTORIA ✦

—*Titanes* presenta: "Entrevista con Golden Fire".

—Golden Fire, anoche las cosas no salieron como lo planeaste y bajaste del ring sin el cinturón.

—Así es. No voy a buscar excusas. Quise tomar desprevenido al Conde Alexander, pero cuando se dejó caer hacia atrás me golpeé tan fuerte que el resto de la lucha me sentí mareado.

—Vladimir, ¿por qué quieres que vea esto? No me importan las justificaciones de esa lombriz. Aquí está el campeonato.

—Shhh, sigue viendo.

—Al final retaste al Enmascarado de Terciopelo a una lucha de máscara contra máscara y él aceptó.

—La verdad, me sorprendió su respuesta, pero me alegró mucho porque será la oportunidad para dejar su cara al aire y catapultarme al estrellato.

—El departamento de programación de la empresa confirmó la lucha, pero dijeron que faltan varias semanas, que aún no hay una fecha definitiva.

—Qué bueno, así me dan tiempo para prepararme mejor.

—¿Qué se va a preparar ése? Sólo sabe amenazar, junto con su niña del averno. No es por nada, Vladimir, pero las entrevistas de *Titanes* son muy aburridas.

—Shhhh, es importante que veas esto.

—Conde, reconozco que ayer luchaste mejor que yo. Pero ¿sabes qué? Una mala noche la tiene cualquiera. Así como la que tú le quisiste hacer pasar a mi amiga Karla. ¿Recuerdas lo que le hiciste?

—¿Otra vez ese chisme barato?

—Espera. Falta lo peor.

—Conde, tal vez ayer tú ganaste, pero Golden Fire sigue siendo mi ídolo, y estoy segura de que te va a quitar esa mugrosa máscara de terciopelo.

—¿Te acuerdas de que faltaba una sorpresita, Conde? Es hora de que la conozcas. Ante las cámaras de *Titanes* quiero anunciar que me he integrado formalmente al grupo de entrenamientos vespertinos de la Empresa Internacional de Lucha Libre. Agradezco mucho a mis antiguos profesores, pero es hora de dominar nuevos estilos. Aquí me brindan la oportunidad de aprender de uno de los mejores, alguien que se había alejado de los cuadriláteros y que afortunadamente acaban de contratar porque tiene mucho que enseñarnos a las nuevas generaciones. Profesor, pase por favor.

Y de repente todo cobró sentido:
—Nunca fuimos a desayunar.

—Conde Alexander, saluda a mi nuevo maestro, quien me va a llevar al triunfo en nuestra lucha de máscaras: el Exterminador.

ESTA HISTORIA CONCLUIRÁ PRONTO...

Diego Mejía Eguiluz no recuerda cuándo nació, pues era un bebé. Ha sido periodista deportivo, asistente de producción tanto en teatro como en televisión, guionista de un programa cómico, comentarista radiofónico de lucha libre y desde hace veinte años se dedica a la edición de libros infantiles y para adolescentes. Ha escrito de lucha libre para las revistas *Box y Lucha* y *The Gladiatores*. Es autor del libro infantil *Una aventura patológica*, publicado en México y en Uruguay.

¡Primera CAÍDA!

El ENMASCARADO de TERCIOPELO

Vol. I

DIEGO MEJÍA EGUILUZ

Ilustrado por **Ed Vill**

El Enmascarado de Terciopelo 2. Muerde el polvo de Diego Mejía Eguiluz
se terminó de imprimir en diciembre de 2018
en los talleres de
Impresora Tauro S.A. de C.V.
Av. Año de Juárez 343, col. Granjas San Antonio,
Ciudad de México